在小山和小山之间

OVER HER HILLS

上海文艺出版社
Shanghai Literature & Art Publishing House

渡边彩英

妈妈已经来东京一个月了,仍然坚持让我陪她去附近的超市买东西。

"我听不懂日语。"

"把信用卡给店员就行了。"

"我也不会说日语。"

"把信用卡给店员就行了,你不用说话。"

"不行。"

她果断拒绝。于是我只能在工作之余陪她去超市,看她细心挑选商品,带着戒备看着收银员们,生怕他们扫码扫错了。有一次我特意模拟了一次我不在场的画面:从始至终我没有说过一句话,除了递给店员信用卡。

回家路上我跟妈妈说:"你看到了吧,我刚才没有说一句话,也成功购物了。"

妈妈说:"那是因为你的脸已经变得像日本人了。"

我不知道她是什么意思。我是说,我只能理解成她在陈述一个事实:我在日本生活得不说是游刃有余,至少没有障碍。

至于像日本人，应该是指穿着，住在这里这些年，我从中国带来的衣服断断续续报废，买的自然都是在日本流行的衣服。

就像很多次一样，我试图在心里为妈妈做辩解，把她尖利的话进行软化处理，只为了不伤害我自己。当然，保持身心健康更是为了肚子里的宝宝。我怀孕五个月了。

我和丈夫渡边曾在得知怀孕后喜出望外，这是我们一直在等待的结果。打视频电话给妈妈报喜后，听她说要来照顾我，我和渡边这边的空气一下子僵掉了。我们住在一个两居室公寓里，只有三十平方米左右,渡边很为难地说:"不太好吧。你休息不好。"

日本人的婉转其实是说自己休息不好,渡边是律师,经常早出晚归。但妈妈却直接表态:她没有什么,不觉得辛苦。

我尴尬地在他们俩之间简单地翻译了几句,最后渡边决定把自己的高尔夫球套装和单车等全都寄存在郊区的好友家,在我们家里给妈妈添一张沙发床。视频最后渡边也保持了笑容,但我知道他想的无非就是他又为了我和我的"中国人身份"做了让步。

我日常和父母过于密集的联系、说话直接的性格,甚至吵架时高昂的语调,都会提醒他我是个中国人。正如他的话只说一半、完全独立于父母之外证明他是个日本人一样。

我和渡边不谈各自的家庭,更不说谁的坏话,这让我感觉轻松。他只说自己已经超过十年没有回过老家,每年都会收到父母从秋田县寄来的明信片,有时候还有大米。他也会回礼。"我们都是独立的个人,应该过自己的生活。"他说。他让我更理解中国人的亲情关系过于黏稠,缠绕在一起,并不好。我觉得说这话的他很有魅力,尽管我作为中国人做不到这样。

"女儿怀孕了,再远,做妈妈的不去照顾像话吗?我可以给你们做饭,你们张嘴吃就行了,不好吗?家小有什么关系,都是一家人。"

这些话从中文翻译成日语是可以的,但想让渡边理解这种文化是不可能的。我只能告诉他:他有四个兄弟姐妹,他们每个子女只需要和父母建立一部分连接;而我这代中国人都是独生子女,父母只有我们。也许他尝试理解"独生子女"独自担负的责任和义务,但他也不可能感同身受,毕竟他有四个兄弟姐妹。

他让步,我表示感谢。尽管我本身也并不觉得妈妈来能减轻我的负担,但我实在无力拒绝她的一片好意,就像无力拒绝她带来的一切特产、零食,以及很多我已经远离的生活习惯。

我的肚子还不是很明显,妈妈说因为我吃得太少。五个月应该很明显才对。

我不以为然,我看了很多孕前教科书,从没有一本书指出孕妇应该吃胖自己。孕妇应该多摄取蛋白质、优质脂肪,而不是随心所欲开怀吃。我去产检,日本医生对体重增长要求严格,说我的增长幅度很标准。这些都代表我的吃法肯定没问题。

"我生你的时候没有条件,连鸡蛋都吃不上。你爸爸从市场批发一箱子挂面,我们每天都是清汤面条。"

我嘴上应付着，心里却在嘀咕：我们家不至于那么穷吧。我出生的时候他们都已经是学校的骨干老师了，会穷到那个地步吗？

妈妈的叙事里，生活总是非常艰苦的，经济上艰苦，其他方面也艰苦，苦得让人流泪，是我想象不出的。

比如：我奶奶对她很不好，她经常以泪洗面。再比如：我爸爸不站在她那边为她讲话，导致她在婆家吃了更多的苦。有时候我听着她说这些，会带着恶意揣测她是不是把某部电视剧的情节照搬到了自己身上，我隐隐记得小时候大人看的电视剧里有类似荒唐透顶的情节。

她还偶尔问我,记不记得奶奶是怎么欺负我们娘俩的。

我实话实说,不记得了。

于是她不厌其烦一遍又一遍地说:"你奶奶不喜欢你,因为你是个女孩,她重男轻女,想要男孩。而生了你就没有名额再生了,她恨你。"

我记得第一次听到这个是在三年前,那时我已经在日本生活七年,刚和渡边结婚没多久。我和妈妈打电话闲聊,忘记是从什么话题说开去,她突然说到这个。在我印象里,她确实说过很多次我奶奶重男轻女,因为我是女孩所以不喜欢我。但她从没提过"名额"这个词,那次是第一次。

我条件反射地反问:"什么名额?"

妈妈像是看我有兴趣,所以更来劲:"就是生第二个的名额呀。那时只能生一个嘛。"她好像觉得不用多解释理由我就该懂。我大概懂,那是"只生一个好"的时代。

"名额跟谁要呢?"

"不跟谁要。没有名额。"

那时我肯定又不关心了,也许我打开了电视,也许我在上厕所,总之我哼哼唧唧地回应妈妈,她也开始说别的事情了。

短短三年,我发生了很多变化。其中之一就是对关于生孩子的任何事都充满兴趣,想要知道。看到电视上有虐待儿童的新闻,甚至只是儿童游玩受伤,我都会眼眶湿湿的。有天我偶尔回忆起那个电话的内容,想到如果是现在我就一定会追问下去那个"名额"的事。而如果有人跟我说任何关于"重男轻女""只能生一个"的话我一定会愤怒。因为为母则强,从我开始设想自己成为一个母亲的样子,到那个胚胎在我体内被孕育,我想要保护他(她)的本能也越来越强烈。

不管妈妈怎么说奶奶重男轻女、欺负我们,我都认为妈妈不快乐跟奶奶对她不好没有直接关系。因为妈妈眼里全是不如意的事,不止奶奶这一件。而这除了是她的性格使然，还有什么别的可能？如果她懂得换个角度去看，或者换一种更柔软的处理方式，一切都不会太糟。婆媳关系不好处理很正常，毕竟不是亲生女儿和妈妈的关系，说到底也是外人，只要表面上过得去就好了，何必要求太多？像我和渡边妈妈只见过一次面，过年时才发一条祝福信息，平时没有任何交集，这样不是很好吗？

　　这种话没法和妈妈说，她只会冷嘲热讽一句"那是日本人的习惯"，我都能想象她那种不关心的语气。

　　她来东京之后，我带她去吃贵的寿司，她只吃了玉子烧，并抱怨太甜。那时

一个身体,
两个心跳。

她会在复杂的环境里完成蜕变,而我只能远远看着她,我所拥有的一切经验都不能帮她。

我的女儿，她要过跟我相反的生活。

我的身体还在，但我的心漏了一个孔，
风从那里来去自如。

路灯下的她比我印象中更瘦小、坚强,
像一座小山。

我把脖子伸得长长的,随时都在等着路过的风来决定我的命运。

目录

渡边彩英
1

任蓉蓉
33

渡边彩英
59

任蓉蓉
95

渡边彩英
123

任蓉蓉
155

王彩英
185

后记 真心猜真心
203

她也说了类似的话:"这是日本人的习惯,我吃不惯。"甚至我吃的时候她也要管:"你怀孕了,不要吃生鱼。"

"医生说我可以吃。"我觉得很扫兴,这种地方我平时都舍不得来的,是因为带来她才点这些,吃完自己那份我已经饱了,但她剩下的实在浪费,我不得不吃完。

"那是日本医生说的,你是中国人。"

那一刻我很震惊,因为在我印象里妈妈不是那么狭隘的人。她想说什么?因为我是中国人所以我的身体构造和日本人不同吗?

"可是已经点了两人份,你知道你剩下的要浪费多少钱吗?"

妈妈不说话,只喝免费的水。当晚她到我房间,给我一个装着人民币的信封。

"白天你请我吃的饭钱。"她说。

我心里突然一阵难过,但还是若无其事接了过来。

我难过的是我想起很多次,我每次回家看她的时候,都是这样给她钱的,因为没有别的可为她做,就只能给钱,让她买家电、买衣服、买护肤品,虽然她几乎不会买。我这才知道作为收钱的一方的心情并不快乐。

我试图回忆起我和妈妈是怎么走到今天这一步的。

我记得小时候她每天一边给我穿衣服一边教我背唐诗,晚上家里不开电视,她陪我一起写作业,正因为她对我学习成绩要求严格,我才成为了当地第一个保送本硕博连读的人,校长亲自来我家送来了奖状,妈妈很骄傲,我也终于熬出了头,离开了家。

第一次去大城市,第一次吃麦当劳,第一次和同学逛街……很多对于别人来说再普通不过的事情,对我都是新奇的。我不认识他们追的明星,也不认识商场里的牌子,我凭着高考的超高分数考进了最好的大学，但进校的同时我和所有人又重新站在了同一条起跑线。这次的赛道不再比成绩，而是比见识、比谈吐，甚至比外表。

我嘴硬说自己没兴趣的事情其实对我诱惑最深，在新的赛道我输得一败涂地，至今不愿意去回忆当时同学拉帮结派是不是在背后说我坏话。

妈妈再也帮不上我的忙，除了尽量多给我一点零花钱。

但钱反而不是最重要的，大三开始我做兼职家教，开始攒钱。我只是不知道该怎么花，只好偷看别人买什么衣服、什么护肤品，我也跟着买。

当别人都在大学里开始酸甜爱情时，我又慌张了，对过分粗糙的自己感到羞愧。我一直在努力做妈妈口中的好学生、好女孩，于是我直到大学都没有恋爱过。而当有个人来示好，我就慌不迭地掉入那轻易的圈套，并且认为自己只值得那样：他的疏离代表他有君子之风，他的怠慢也是因为我索取太多。

我的初恋开始于大学，经历各种波折，却意外地长久——一直到我研究生毕业。妈妈说我运气好，这也让我特别反感，好像我就该很快被甩似的。可真有机会让她和我的初恋男友见面时，她又看不惯那个男生的谈吐。

"他小家子气。怎么能让他那么对你?我生你可不是为了让你受气的。"她趁初恋去卫生间时跟我说。

妈妈总是这样的,挑剔、爱抱怨、自怨自艾,好像她的目的只有一个:弄得大家谁都不开心。她也总是成功。

我不顾妈妈反对,和初恋一直相处到他提出了分手。

其实现在回过头去看,初恋男友的可疑之处太多。但在当时我没有精力也没有能力去判断,只能被动地接受,直到他都懒得骗我:"我可能喜欢男生。"他的确用了"可能"这个词,这种委婉让我印象深刻。他难道还想要我把自己的全部人生押宝在他的"可能"上吗?我难道应该欢天喜地接过我的命运——那一点可能性吗?

"可是你说你打算和我结婚。"一定是哪里搞错了,我的震惊不亚于考试考零分。

"本来是的,但我不想再骗你了。"

他对我没有爱情,有的是同情。

当他还在道歉的时候,我心里却只有一个想法:不能让妈妈知道,不能让任何人知道这种侮辱。我迅速地离开他,撇清相处多年的一切,一个人在家以泪洗面三个月后的某一天,我突然振奋起来,那是一种跌到谷底的重生。我报名了东京一家语言学校的短期留学课程——我们曾经说好要一起去东京蜜月旅行,现在我必须把自己扔到更大更陌生的环境里去磨炼,一切从头再来。

　　妈妈不知道这些事,不知道我一个人躲在日本舔伤口。中国人不聊这些难过的事,哪怕是跟自己的妈妈也不能聊。我从零学习化妆,学习怎么做一个受男人喜欢、至少不被他们害怕的女人,学习与人相处之道,我发现哪怕我只是打零工,面对的人际关系也比面对在一群象牙塔里的同学们要复杂得多。我每周都给妈妈打电话,我们只聊一些不重要的、不需要解决的事。

起初我跟妈妈说,我在日本玩一段时间就会回去,继续把博士读完,进高校工作,再考一考职称。

后来我恋爱了,对方是在日本出生的中国人。我跟妈妈特意强调:是中国人,不是日本人。我当时一定还是想讨好她,想让她放心。可她却冷不丁地问一句:"那他会说中文吗?"

我哑口无言,因为他一点都不会,他爸妈也由于来日本多年,把中文忘得差不多了。

我只能生气地说:"会不会说中文一点都不重要。"

妈妈说:"那你为什么要强调他是中

国人？"

妈妈就是这么不依不饶地想让我不开心。我读了很多心理学的书，学着把她的生活和我的生活分割开来，并以一种宽容的心态面对她，这的确让我好受很多。

我记得跟妈妈说不准备回去把博士读完的时候，她在电话里沉默很久。我紧接着说了一些放弃的理由，例如我凭自己的能力和学历已经能在日本找到一份稳定工作了，例如现在博士已经含金量不高了，例如我觉得自己当学生已经足够久了。

妈妈听着，突然说："你是不准备回来了。"

我当时像是被冒犯了一样，怨她说话

武断，给我下定论。如今事实证明她再次言中了，我不仅在这里结了婚，还要在这里生孩子。我不仅没有嫁给一个中国人，甚至他连混血都不是。

天气好的时候，我和妈妈出去逛婴儿用品店。我在研究哪种奶粉好的时候她大惊小怪地叫起来："奶粉只是辅助，还是母乳最好呀。"

我听几个朋友说过，母乳喂养虽然方便，夜里也不需要冲奶粉泡奶粉刷奶瓶，但妈妈会特别累，因为婴儿习惯母乳之后不肯喝奶粉的概率很大，这样一来就没有人能代替妈妈的存在，什么时候妈妈都必须在场,一点自由都没了。而一开始就喂奶粉的话,妈妈轻松,爸爸和其他人也能给宝宝喂奶粉。

我跟妈妈说了,她咕哝着说:"话是没错,但母乳营养还是最好的。"

"如果没有奶水呢?"

"一开始都没有,慢慢都会有的。"

"我是母乳喂养长大的吗?"

"对。"

妈妈撒谎。我突然意识到她在撒谎,因为我很清楚地记得小时候爸爸用奶瓶给我喂奶的场景,或者说不是我记得,而是在照片里看到了。那个黄色小鸭的奶瓶,多次出现在家庭相册的照片里,我也清楚地记得爸爸说过,那时奶粉很贵,怕我喝不完浪费,所以一次只冲一点,喝完再冲一点,他都很熟练。甚至有段时间,妈妈总不在家。爸爸说她在工作?或是生病了。总之她不在家。

这个发现让我对妈妈产生了彻底的不信任,我意识到也许很多事情上她都是故意和我唱反调,她为了和我唱反调甚至不在乎她自己的立场到底是什么,她只想要和我相反,或者说,用她的那套来纠正我,让我难受。想到这我生气极了,因为我如今终于成熟到想要和她理性沟通,就事情本身交换看法,努力营造一种理想的母女关系,而她呢?她还在继续着多年以来的习惯，告诉我我是错的，并对我的一切都不满意。

比如这次妈妈来照顾我，渡边一直在帮忙，从给妈妈办签证，到在我们家安置一个沙发床，还有对妈妈态度尊敬，无可挑剔。这些日子他多是早出晚归，尽量让妈妈和我单独在家，让我们自在一些。有时候凌晨我听到他进家门的声音，听到他小心翼翼打开冰箱，再开一罐啤酒的声音，或是洗澡时水量很小的声音，这些他性格里的善良品质总是让我一再感动。不需要语言，我知道他在给我、我妈妈照顾。

偶尔，周末我们会一起吃饭。那个时

候渡边也表现得很热情，用他从没有过的大嗓门回应妈妈的中文，两人鸡同鸭讲也能懂对方似的。即便如此，妈妈喜欢渡边吗？肯定不。"你应该让你丈夫多做点家务。""你丈夫喝酒太多了。""你丈夫天天都回家这么晚吗？"妈妈怎么可能懂，这是别人的自由，哪怕是丈夫，也是该有这些自由的。她看不到渡边为我做的一切，只知道挑剔那些他无法改变的地方，那些抱怨除了让彼此都不愉快，还能有什么作用呢？

我没有一个自由的童年，当爸爸和妈妈站在对立两边时我没有选择，我跟了妈妈。为了讨她欢心,我不跟她不喜欢的小孩玩,一个人闷在屋里努力学习,等到进了大学才发现根本不知道如何才能像个女生、如何和男生恋爱;因为没有正确地爱过,所以我轻易相信爱情,花了五年时间才被告知爱情"可能"不存在;我用自己的方式逃开熟悉的环境,在陌生的国家花了十年时间成家立业;我和在日本出生的中国人恋爱,我和日本人结婚;我学习如何对自己好一点;我放弃自己的工作,或者我开始新的工作。所有这些大大小小的事在妈妈看来,都有可以挑的毛病,都不尽如人意,都不能让她赞扬。我认真去想,也想不到她上次表扬我做得好是在什么时候。她总是眉头微皱，嘴角绷直，等着我再次给她机会让她抱怨一通。对别人她尚有宽容修养，对我却是严格无比，她不厌其烦地把过去受婆家欺负的事告诉我，是要我对已经死去的奶奶保持一份恨吗？怎么会有教自己的女儿去恨的妈妈？

我的腰和膝盖一到下雨天就疼得厉害，小腿肿得一按一个坑，身体虚，全身是毛病。同事都让我别去东京，因为听说那里正是梅雨季节，我肯定不好受。但他们也不想想，女儿怀孕，妈妈不去照顾像什么话。

在东京机场看到毛毛，她很瘦，五个月的身孕几乎看不出，她上次回国还是一年前,我感觉她现在比当时还要瘦。她把一块证明自己是孕妇的吊坠挂在背包上,但我们坐地铁的时候并没有人给她让座。东京的地铁很安静,没人说话,大家都在看手机。

我时刻盯着要下车的人,抢到了一个座位给她坐,她却害臊似的摆摆手,让我别那样。我给她丢人了。

为了缓解尴尬,我告诉她因为是我第一次坐飞机,所以提前十个小时到了机场,生怕哪个环节出错,误了飞机。她只是笑笑,用很低的声音说:"都有牌子写得清清楚楚的,你又不是不识字。仔细看看就明白怎么回事了。"

我的确是担心过度，什么东西不能带上飞机，要去哪里排队，地铁哪个出口直通机场，在我的忧虑里无数种意外情况都可能导致我大幅度晚点错过飞机，而错过飞机是我害怕的。

地铁上，毛毛一直看着窗外，我没有机会告诉她一些好笑的细节。比如因为我到机场太早，所以工作人员查了很久才查到我的航班。再比如我在办托运行李手续时不得不在众目睽睽之下打开行李箱，为了找我的护照。我笔直地坐着，等着下一个和她说话的机会。

我发现从去年她回国看我开始，她就很少大笑了，多数时候只是扬扬嘴角，代表她笑了，不代表她开心。夜里她躲在自己的房间里打电话，她声音很轻很慢，也几乎听不到笑声。那时她刚和日本人结婚，对方是成功的律师，她的生活似乎无忧无虑。

每天早上，她都要喝一杯绿色的蔬菜汁，吃水果。也许那时候她就已经在备孕了，但备孕就更应该注意营养均衡，不过我们从不聊这些事。

直到下地铁，走在东京的路面上，她终于开口问我："一切都顺利吧？"正东张西望的我被问得猝不及防，只点了点头。

毛毛家是气派的高层楼房，一层是很

大的休息区。但家很小,她都没有一张书桌,只能在饭桌上工作。她说工作不是因为钱,是觉得怀孕的时候能完成一本书很有意义,对孩子是个纪念。我不懂,因为我生她的时候一直上班到九月临盆,站不了讲台就专门批改作业,那时只是为了每个月一百一十块钱的工资。

日子很不好过,毛毛爸爸在外地进修,每个月的工资自己也紧巴巴,寄不了钱回家。我的工资里要给毛毛奶奶六十块,因为借住他们家房子,要缴房租。剩下五十块就是我的生活费。挂面买一箱,能吃一个月。卫生纸也要买,洗头皂也要买,不能不省。吃不到不要紧,我无所谓,我怕饿坏肚里的孩子。有点富裕就打鸡蛋在挂面里，有营养的东西里我只买得起鸡蛋。

毛毛说日本医生对孕妇的体重要求很严格，要求不能长太多。她对吃很讲究，担心会不会过胖。这个烦恼在我那时是不存在的，我身边的孕妇全都担心会不会营养不良。我生毛毛的时候是我人生最瘦的时候，体重比我孕前还轻，因为孕吐。我真的好担心，怕她有什么问题。没想到她的哭声比产房里其他小孩都洪亮，还持久。接生大夫说，没见过能哭这么久的婴儿，性格一定倔。

大夫说得一点没错，毛毛从小就倔，睡觉要人陪，不然就哭；不给她买玩具就在店里一直哭，哭到人都来劝我：买给她吧，看她多可怜；不喜欢吃的东西坚决不吃，磨碎了跟别的混在一起给她她也不吃。拿她一点办法都没有。

川川就跟他姐姐性格完全相反，从出生起就很文静，一个人玩着玩着就能睡着。

我最近记性越来越差，连个路都记不住。毛毛带我去的超市，走路很近，用她的话说就是"闭着眼也找得到"。但不知道为什么，要我一个人去我还是很紧张，我觉得我记不住路。后面一来车，我可能就拐错路口，找不到回家的路怎么办？语言不通，我也没有日本手机号，老想这些，越想越怕。这么大年纪了自己去超市都做不到，真是个负担。

怪的是，眼前的事记不住，过去的事情却越来越清晰了。有时候我一坐就是几个小时，身体一动不动，过去的事却一件件在脑子里重新上演一遍。

毛毛问我她是不是喝母乳长大的，我当时说是的，但当天下午我又一个人想起这件事。其实我跟她说得不准确，她喝母乳是喝到了八个月的，这些我都记得好清楚。

毛毛八个月的时候，我意外怀孕，怀孕就没有奶水了，只能给她喝奶粉。本来没有选择，必须打掉的，因为当时的政策是坚决不允许生二胎，发现怀孕不打掉就要开除工作，我和毛毛爸爸都要被开除。本来就穷，再丢了工作怎么办？娘家人也都劝我赶紧打掉，只有毛毛奶奶强烈要求我生下来，她说她请风水先生算过了，这一胎是个男孩。我倒不在意男孩女孩，就是害怕丢工作，没饭吃，但内心也是不想打掉的，哪个妈妈会想打掉自己的孩子呢？我不愿意打，一直做不了决定，一拖就拖到了肚子显起来了，更不可能去打掉了。

　　家里人害怕，替我和单位请了病假，把我送到了萧岗村，我的舅舅和舅母家，他们都是农民。听说农村管得不严，有很多孕妇在那里偷偷生完二胎再回城里。

毛毛那时才一岁多点,实在离不了我。没办法只好把她也带到了萧岗村,我们就住在舅舅家的一个偏房里,对外说我丈夫出去打工,我在这待产,而毛毛是丈夫的前妻留下的孩子。费了好大劲想的故事,不知道农民们相信几分。现在想想可能大家心里都知道是怎么回事,都睁一只眼闭一只眼。

在萧岗村的日子真快乐啊。毛毛会走路了,跟着舅公去种地,在田里打滚,回家一身泥,没点女孩的样子。

我避讳旁人的眼光,为了保险起见,白天尽量不出门活动。等到天暗了点才挺着肚子出门走走路。

"妈妈，出门。"毛毛一看夕阳要落了，就拉着我的衣角指指大门口，蹦出两个词，她一整天都在等天黑呢。

我们沿着麦地走。毛毛没走几步就要我抱，不抱就哭。累得我气喘吁吁，走几步再把她放在地上。

"毛毛乖，妈妈太重了，你自己走好不好？"我让毛毛摸我的肚子，她有时候像是听懂了似的，拉着我的裤腿和我一起慢慢走。

天气不冷不热，太阳正在落山，小风吹拂我们的头发、衣袖，真舒服。想想明天可以吃今天摘的玉米，看到一只小野狗从眼前跳过，那是我最快乐的日子。

在毛毛东京的家附近有几个小公园，干净、漂亮。穿着西装的上班族一边低头玩手机一边走过，公园里孩子在玩耍，妈妈们在长凳上坐着看他们。年轻的妈妈们装扮美丽，明明孩子还那么小，身上却看不出刚生完孩子的痕迹，这让我想到毛毛所说的日本医生对孕妇体重要求严格也许是有好处的。

毛毛也会成为这样的妈妈，她有自己的事业，自己的孩子，自己的家庭。她很努力在过一种和我完全不同的生活，从第一次和我大吵大闹说我不支持她减肥开始我就知道。

那是她大二上学期暑假，我记得。她

突然宣布晚上不吃饭,早上和中午都只吃黄瓜和西红柿。

"我太胖了!"她歇斯底里地喊着。

她也不过六十公斤,一米六五的身高,算不上胖,还带着婴儿肥呢。

"你不胖,听谁瞎说?"

"有眼睛的人都能看到我胖!"

到了饭点她不出来吃饭,我就把饭端到她屋里。到第二天去收发现她一口没动,她就是这么倔。我不知道该怎么办,只能一次次徒劳地把饭送进去,再端出来。我跟她好说歹说,少吃可以,不能不吃。她终于答应至少一顿饭吃一根玉米。我慌忙跑去市场拣最好的玉米回来煮,可她只吃了一天就反悔了,说体重下不去,就是怨我逼她吃。

毛毛从小就是很容易受别人影响的孩子。小学同桌用的笔记本,她也想要,别人鼻梁高,她就羡慕。她觉得数学好的同学比她厉害多了,即便她的语文成绩总是班上数一数二的。别人的她就觉得好,而对自己已经拥有的东西视而不见,她的可爱,她的才能。

过完暑假返校的时候,毛毛脸颊消瘦,气色不好。我把三张百元钞票塞给她,让她在学校多买点好吃的。她接过钱的时候看我的眼神让我害怕,她好像恨我,我却不知道为什么。

"还需要买什么吗?"我问她。那时生活过得好多了,我当班主任还有每年一次的奖金。

"连衣裙、化妆品。"她一字一句地说。

"不上课的时候跟同学多去逛逛。"

"知道了。"

我心里一阵酸楚。她在怨我。怨我没有给她穿连衣裙,买化妆品,或者是怨我的衣柜里没有连衣裙,洗漱台上没有化妆品。我发现她已经二十岁了,还穿着高中奥数竞赛时发的T恤衫,她的头发发质随我,干燥没有光泽。我们家里只有两位女性,却没有一点女性的气息。一直以来,我只关心她的学习,希望她走出县城,出人头地,过上好的日子,以为这样她就会开心。

我第一次意识到把她送出去读书就像是把她从屋里扔到了草丛里,她会在复杂的环境里完成蜕变,而我只能远远看着她,我所拥有的一切经验都不能帮她。我不知道她和什么样的人交朋友,而他们之间又流行什么,她如何生活。

那是我记得清楚的一个节点,在那个节点后毛毛迅速长大了,以我认为不可思议的速度。她的婴儿肥消失了,每次放假回家都比以前漂亮一点,眉毛修得很干净,举止打扮已经不再是个孩子,她谈恋爱了,爱美了。她说小赵对她很好,尊重她。我跟她要照片看,她在手机里选了半天才给我看一张他们的合照。

照片应该是小赵拍的,他牙齿洁白,头发整齐地对着镜头露出一个完美的笑脸。在他旁边的毛毛却一脸茫然,看得出是突然被拍下的。

"他为什么不等你准备好了再拍?"既然是合影,应该两个人都准备好再按快门,而毛毛选来选去只给我看这一张,说明她甚至没有比这更好的合影。

毛毛很生气,她说那不重要,让我看小赵就行。"你不是要看小赵吗?你又不是不知道我长什么样。"她急了。

我只凭一张照片就判断小赵是个只顾自己的人,也许是有些武断了。我只是怕毛毛又盲目地看到别人的好处,而不珍惜宝贵的自己。

毛毛向往朋友式的母女关系,有时会有意无意地提到哪个朋友和自己的妈妈一起去拍了大头贴,一起逛街,有的母女看起来像是姐妹,能分享很多事情。她的语气带着羡慕,还会劝我:有时间你也去烫个头发吧,多花时间在自己身上;不要总是埋头工作,单位少了你还能不转了?你还年轻,多穿点颜色鲜艳的衣服试试看呢?

她甚至还鼓励我再婚,对,那时毛毛爸爸早已再婚。

我不知道毛毛对我和她爸爸的离婚了解多少。当时她还很小,对我的解释一知半解,等她自己恋爱后她的态度很豁达:分开也可以做朋友。每个人都有自己的生活,不能过于依赖另外一个人。

她的态度明显是跟我相反的,我离婚后没有跟王光辉做朋友,除了工作我没有兴趣爱好,我会离婚也是因为我太依赖王光辉,想让他跟我一起记住川川。

毛毛的大度让我吃惊,我也知道这是我做母亲的失败。要靠女儿教我这些,而不是我教女儿这些。我生她的时候才二十三岁,连县城都没有出过,半辈子都在教同一本初中语文教材。而她还不到二十岁就已经保送了中国最好的大学本硕博连读,高中校长亲自送锦旗到我们家,夸她是我们全县最优秀的人才,不用说,什么事她都比我做得好,做得快,比我知道得多,我最多只能在旁边说几句担心的话,事情还是要她自己去完成。

二十五岁时她说要去日本留学,我不理解,那时她博士还没读完,要是拿不到学位怎么当大学老师?但她说可以休学一年,用她自己挣的积蓄见识世界一圈再回来。我除了告诉她注意安全,又能做什么呢?我甚至没有坐过飞机。

我早就知道她不会回来，回来读博很辛苦，她和小赵分手后精神很差，没个情感支柱很难读完，但凭她的能力在日本找个好工作肯定不难，很快她就找到了一个好工作，有员工食堂和住宿，周末还能出去玩，发来的照片都很美。

"妈妈，你知道吗？我去考驾照，一组十个外国人，只有我一个人一次就过了。"她拿日本驾照的那天很开心，我却忍不住担心她上路之前要不要找个陪练。

"考试通过不代表上路没问题，还是再练练好。"

"考试通过就是代表没问题。我有驾照就是可以上路了！"她大声在电话里说。

"再练练没有坏处。"

"你就不能说一句,'你真棒'吗?"毛毛突然像泄了气的皮球,随即她把电话挂了。

我拿着手机不知所措,不知道该如何反应,怕再打过去影响她工作,或者她已经坐上地铁了。她曾经说过地铁里不能接电话。我很担心,夜里睡不着,直到她又发来照片,原来她去了更远的地方玩。

就这样,我看着毛毛一点点离开了中国,离开了我。

毛毛孝顺,每周都打电话跟我聊天,每年都会回国几次看我,给我带各种新奇的玩意,教我怎么打扮自己。是的,她从来没有指着我的鼻梁说:"你看什么都不顺眼,把自己过成黄脸婆,我可不会像你这样。"但她的一举一动都说明她不赞成我的方式,她要过跟我相反的生活,并且她有能力过那种好的生活。她以为我从一开始就是这样的吗?

有时候我一个人在家里坐着,异常的寂静把我包裹起来。我感觉毛毛似乎就在我身边,又像远在天边,我想问问她,还记不记得萧岗村,还记不记得川川。我想问问她知不知道在川川死的那天,我也永远地死掉了。

渡边彩英

我的第一本翻译作品是在怀孕时完成的——以后我就可以骄傲地讲这个话。这个工作来得很突然,我国内的研究生导师推荐我翻译一本日语小说,她当时并不知道我已经怀孕。我几乎没多想就接下了这个工作,尽管报酬少得可怜。

我们住进这个房子时,并没有考虑我工作的情形。所以至今我一直在客厅饭桌上工作,吃饭时再把电脑移开。

妈妈看到后说:"你应该买张书桌,一把椅子。"

我哑然失笑,我们三十平方米的套房,哪还能放得下一套桌椅?

"把沙发处理掉就行了,反正也没人坐。"妈妈说。

也许这事她说得对,只不过我懒得重新布置,以及我知道渡边不会喜欢这个决定。

正如我所说,在和渡边结婚后我就辞掉了工作,靠他一个人的工资生活,因为渡边希望我能在家里,也因为这是日本社会上最常见的一种选择。

我们都没有奢侈的消费，所以生活不成问题。我告诉自己，不用像妈妈那样一心扑在工作上，也许是我的幸运。我可以有自己的爱好，自己的时间。

我看看书，做做家务，骑自行车去好几个超市比价，精挑细选购物。有时百般无聊，在家一看就是半天电视。

跟妈妈打电话，她偶尔会在我聊得起劲时说："我要去上班了，挂了。"那时我才记起我又做了一个和她相反的选择，继续过着和她不同的生活。

就像她总能从我的选择中挑出毛病一样，我不工作，也是她不喜欢的。当然，她不会直接说。但我能感觉到。比如，她会说:"那个谁谁整天无所事事,我就不愿意退休,退休了我做什么呢?我不在,那几个年轻人根本不知道怎么处理这种问题。"典型的自大,大包大揽,人家巴不得她"能者多劳"多干点活呢,只是她不知道而已。

对于这些我无法反驳,因为她不会留下把柄,她把事情说得完全和我无关。

只有一次她不够精心,说了一句"你整天在家不无聊吗"。我立即抓住机会,跟她辩驳有多少女人想要这样整天在家的生活而得不到,而我得到了她为什么不能真诚地表示赞许呢?

现在我已经忘记那场对话是怎么结束

的了,但我记得当天晚上我和渡边有一次前所未有的大吵。起因是我在一起看电视的时候问了他一个不认识的日语单词。凭着对上下文的理解我大概知道那个词是什么意思,但我想跟渡边确认一下我的理解对不对。

　　说了两句后他突然大怒,说我总是影响他看电视,很烦。我呆在那里,他用了"总是"这个词,说明他已经忍我很久了。同时,我意识到我真的习惯性问他太多了,他又不是辞典,他怎么能跟我解释得那么准确呢?就只因为他是个日本人吗?如果他总是问我中文词语的意思,我又能回答得上多少呢?我难道不会烦吗?

我脸颊通红地跑去了卫生间,坐在马桶上感觉呼吸急促,这件事让我又羞又恨。当我调整好一个计算过的笑脸再平复了心情,准备出去和渡边道歉时,发现他就站在卫生间门口等着我,表情严肃。

"你是不是在家无聊?"

我呆在那里。同一天,他和妈妈问了我同一个问题。只不过妈妈用中文,他用日语。

而我没法用日语给他回答出和给妈妈同样的答案,诸如许多女人想要这样的生活而得不到,他为什么不能赞许之类。我发现之前的那个答案是糊弄妈妈的,而真正的答案我根本没有。

我更害怕去想的是，为什么他会把这件事归结为"我在家无聊"。

我用词不达意的日语和他大吵大闹，只因为我恼羞成怒。我以为我在家是他的愿望，没想到我好像也不了解他。

"如果你想工作，我当然是支持的。"他把球踢给了我。这是他擅长的玩法，理解、支持、尊重，他都挂在嘴上，占据道德高地，这样我的选择结果就与他无关，如果我错了我就得自己承担。

"什么你都支持，什么都是你对。"

"你想把错怪在我身上，我可不愿意。"

我们把话扯得越来越远，战火升级。

最后他提出一个说法,说我们有了孩子就会好。注意力都会转移到孩子身上,我们都会成熟很多,整个家庭都会不一样。我想他说得对。得知怀孕的时候,我觉得又有了一次新的机会和他重新开始。

当我告诉渡边我要翻译一本书的时候,他的表情很奇怪,他解释道如果需要钱可以告诉他。我说我觉得可以给孕期留个特别的纪念,他笑了:"如果是这样,你不如去照一张孕肚照。"

"我是认真的。"

"你确定你可以吗?"他直视着我的眼睛。

我可以把他的"可以吗"理解成两个意思：一是我孕期的身体状况，能不能支撑我每天按部就班完成进度，如约交稿；二是我的日语水平够不够格。

这两个意思我都没法自信满满地给出肯定的答案，所以我说："差不多吧。"

渡边喜欢纠正我的日语口音，尽管我相信即便有一点口音也不影响其他日本人能理解我的话的意思。

"但你可以理解对吧？"

"但这样发音听起来更地道。"

我用错了一个词，他会立即指正："你是不是把这两个词搞混淆了。"

作为律师，渡边的口才和逻辑都是一

流的，我们讨论事情总是他最终胜出，我曾开玩笑说他如果用中文和我辩论一定会一败涂地，但他严肃地说这和语言无关。怎么可能无关？他只会日语这一种语言，怎么可能知道用非母语和母语完全是不同的表达？但我懒得再去争。

还有一次我打电话预约餐厅，挂了电话后他告诉我，第一句应该说什么，我说的意思虽然没问题，但一秒就会被认出不是日本人。

我知道渡边是为我好，作为一个外国人能掌握熟练的日语，在工作上有极大的优势，虽然我把工作辞掉了，但那是因为我心里有一个理想的妻子、妈妈的形象。

那个形象太鲜明,是我从小一点点堆积起来的:温柔、慢声细语、不轻易指责伴侣、考虑对方感受、始终挂着微笑。

我把这几点特质总结出来才发现,这是妈妈的对立面。

我想成为的,就是和妈妈完全相反的人。

我很少生气、大怒。渡边说我是冷暴力。冷暴力又怎么样?热暴力无疑更糟糕。两个发誓要一起度过一生不离不弃的人,在彼此面前暴露出最丑陋的嘴脸,用最尖刻的话来指责对方,哭天喊地,丢人现眼。我自从记事起就知道,不可能有比这个更糟的了。

爸爸和妈妈吵架，尖利的叫声混杂着玻璃碎掉的声音。爸爸把自己锁在书房里，妈妈像疯了一样追上去敲门，坐在地上哭。她哭得那么伤心，好像爸爸做了天打雷劈的坏事。但其实事情起因只是爸爸下班忘记买一瓶醋回来。

我听着他们从醋吵到家务分工，又吵到工资的事，最终失去了所指，成了一团热气腾腾的怒气。语言是如何被误解、被扭曲、被滥用，最终变成了杀人不见血的武器，这些我都被迫学到了。我后来的专业，对文字的敏感度训练也许就是从这里开始的。另外一方面，我也形成了发生冲突时刻意沉默的性格。

我害怕变成妈妈那样的人,她把别人的好意踩在脚底下伤害,挑剔别人献给她的一片真心,让人心灰意冷。我看着爸爸一开始还会安慰她几句,后来无可奈何地把门锁上,最终离开了家,不再爱她,而是和别人再结连理。我怎么可能恨爸爸?我觉得他好可怜,他能走是他的幸运。

当我还是小女孩的时候我的性格就被这样决定了。所以在婚前当渡边跟我坦承他出轨了一段时间之后我没有大闹。

"现在已经结束了。我会做个好丈夫的。"他看着我的眼睛说。

"她叫什么?"

"这不重要。"

"她叫什么?"为什么他不肯回答我这么简单的问题?

"古井纯子。"

"我知道了。"

"我们已经结束了。"

渡边说,我有时候对他很冷淡,这让他很没有安全感。他似乎想把这个作为他出轨的理由,告诉我是我逼得他无路可走非常可怜。他想让我认识到他犯错我也有责任,是我没有做个好伴侣,给他足够的安全感。

我并不觉得他说的内容之间有因果关系。他也有他的缺点,我却不会因为他的缺点去找另外一个人弥补。退一步说，如果我是完美无缺的，我又为什么需要他呢？但我不想表现得咄咄逼人，我知道语言的力量有多大。看着他不安的眼神，好像一个担心自己的把戏被拆穿的孩子。我没有追问下去，他松了口气，他以为我对他的理论没有意见，甚至我也会反省自己的不足。那之后我没有再提这件事。

我之所以会再想起这件事，是因为我怀疑他在我怀孕后又出轨了。他最近回家很晚，而且回家后什么东西都不吃。

一开始我以为是他的贴心，不想搞出声响，就像他洗澡时会把水量调很少，声音就会小，这样就不会影响我睡觉。后来发现他连只用烧一壶开水就能吃的泡面都不吃了，应该是真的不饿吧。我想他可能已经在外面吃过了，但他回家时酒气并不大，说明不是跟同事一起吃的。不需要太费工夫，几天后我就在他的口袋里找到了一张意大利餐厅的收据，人数写着两个人。

我在社交网络上搜古井纯子的账户，发现她在同一天发了同一家意大利餐厅的照片。照片上当然没有渡边，但照片一角露出了渡边放在桌上的手机。

通过这些几乎可以肯定，渡边和古井纯子还在继续。

我这样抽丝剥茧地分析过后才记起我

多讨厌这种思维方式。这是属于妈妈的思维方式。

"你十二点半下班,在食堂吃个饭最多三十分钟吧。十三点从学校回家,路上最多二十分钟,你怎么可能十四点才到家?"

我记得妈妈站在大门口怒气冲冲的样子,爸爸被她拦在门外,她一心笃定"晚回家"的爸爸是去做了对不起她的事。

妈妈的话并不无道理,按她的算法爸爸十二点半下班,在食堂吃饭,回家应该是十三点二十分,而不是十四点,多出的四十分钟,爸爸去干什么了?他不肯解释。刚会算数的我在心里想,是爸爸错了,我默默地站在妈妈这边。

可当妈妈也这样计算我应该回家的时间,怪我到处贪玩不按时回家时,我不得不恼羞成怒地跟她解释:我肚子疼多蹲了会儿厕所;我贪吃嘴去小铺买了个零食;我不知羞耻绕了远路去看了暗恋的别班的男生。我红着脸把生理和心理的褶皱都摊开给她看,就为了证明我没有骗她,我还是她的乖女儿。这时我才明白被指责的爸爸沉默是因为他还想保留最后一点成年男人的尊严。

从那时起我发誓不会像妈妈这样逼人太甚,没想到我还是来到了这一步。我靠蛛丝马迹确信了渡边出轨的事情,用我曾经不屑的方式。双重屈辱在拉扯我,但当妈妈来到东京时,我只能表演一个幸福的我,和她完全不同的我。

妈妈站在我东京的家里,在狭小的厨房里忙碌着。新鲜的蔬菜在沥水,锅里的热油滋滋响,全副武装的妈妈手拿锅铲身穿围裙,抽油烟机全力运转中。

"你去那边,别在这里。"妈妈对站在厨房门口的我说。

我知道她是说油烟大,怕我恶心想吐。妈妈说过她怀我时受了多么大的罪——她吃不下任何东西,一直吐酸水。瘦到了人生的最低水平,孕吐严重还要逼自己吃,生怕把肚里的我饿死。

她描述的那些苦，我一样都没有经历过。孕前我就健身，感冒都少有，身体壮得像小牛犊，怀孕后几乎不知道孕吐的滋味。我想我是幸运的，因为大家都说孕吐这个事完全是看体质天生。至于妈妈说的"酸儿辣女"什么的，我也觉得对不上号，我没有特别想要吃某一种口味。而日本医生不会隐瞒婴儿的性别，在某次产检里就会自然而然地告诉你：现在能确定是男孩/女孩了，根本不管你想不想立即知道。

我们的厨房很小，整个套房才三十平方米，可想而知厨房有多袖珍。妈妈看到这个厨房第一眼，那表情就像看到一个怪物一样，眉头紧锁。她没说出口的话我再清楚不过：这是厨房？你们两个人是怎么吃饭的？

　　厨房小，可以解释因为日本房子都是这样，东京寸土寸金。但我也承认，厨房里没有足够的做饭用具，是因为我天生就不爱做饭，对做饭没有兴趣。其实最早这点是和渡边同居后他发现的，他说他从没见过任何一个人能连续一个星期吃蛋炒饭，并且不觉得痛苦。在那之前我从不觉得吃饭这件事值得花多少时间在厨房里劳作，我的味蕾也很简单，一个鸡蛋半碗米饭一点葱花，热火一炒就够我一顿饱腹。健康快捷好吃，在维持我的生命能量之外竟然还好吃，这还不足够吗？我一直觉得很够了。

　　渡边不一样,他爱吃,懂吃,吃饭对他明显不是维持生命能量而已,他追求的好吃的级别也和我有天壤之别。他分用途使用不同的橄榄油,冷门的香辛料如数家珍,新鲜的鱼他最喜欢,生鱼片、黄油煎鱼、盐烤秋刀鱼、煮鱼,鱼的种类决定哪种料理方式能最大程度实现它的美味。两个煤气炉同时开着火,拌沙拉调酱汁,他不亦乐乎,在厨房里他有乐趣。第一次看到他在冷制意面上洒下现磨芝士碎,我的心狂跳不已。我没法解释那个心动的瞬间,但我知道他让我看到了一种从没看过的可能:厨房里是有乐趣的。为了吃是值得的。

这颠覆我一直以来对厨房、对做饭这件事的认知，对我有一种致命吸引力。

我还记得那天的冷制意面里有罗勒、小西红柿、大蒜、黄油、茄丁。我也记得那是他第一次来我家做客，那时我们刚开始正式交往。我记得是在我单身时住过的第四个家，没错，那时我已经在日本搬了三次家，那个家只有十六平方米，没有厨房，只有一个电磁炉，一个微波炉。我还记得我试探性地问他，是不是觉得我不会做饭很糟糕。

他笑了，他说从没见过任何一个女生这样讨厌做饭，就连男朋友第一次来自己家都做不出像样的东西。"你真的准备就给我吃蛋炒饭吗?"他问我。

我应该是说了一些俏皮话,类似"这样才能检测你是喜欢我本人还是只想要一个贤妻良母"之类吧,我甚至不能确定我有没有用对日语语法,毕竟这个句子并不简单。但我心里的终极不安可能一直存在,只不过事到如今我才敢承认,那就是:我就是这样一个不会做饭也不想要做饭的人,你还会喜欢我吗?

渡边当时给了我一个肯定答案,他说,这不重要。

他既没有问我为什么会这样,也没有说我需要改。他只是说,这不重要。于是我感激地拉起他的手,紧紧地握住了。

结婚第二年,渡边好像忘记了他说过的话。他有意无意地问我要不要去料理教室学一下。"看看你喜不喜欢。"他温柔地说。"也许你会喜欢。"这是他的期待。

几天后我撒谎说去过了,有点贵,算了。他很平静地说:"是吗?好吧。"我知道他期待落空,但唯独关于这一点我实在无力去抚慰。

偶尔,我在某个重大纪念日之前会产生一种错觉,觉得既然是非日常,我是不是可以做一桌菜?于是我走进厨房,把手机里查的菜谱放在一边,准备要切的菜,要用的碗。也许这样的时刻有两次?或者三次?我告诉自己,我能一个人在日本生活十年，能考到最难的资格证，我难道会做不了一顿饭？但这两次，或者三次，我都以失败告终。

我无法解释为什么我做不到。当看到菜谱上写的酱油几勺蚝油几勺的时候，我手忙脚乱，因为我的锅开始变煳，我把火调小，但为时已晚；我倒调味料的时候手一抖就倒多了，咸得没法吃只能扔掉；我炒的青菜叶子已经过分枯萎，而菜帮子还夹生。过程里的失败各种各样，我只能在渡边回家之前赶紧把残局收拾干净，逃离那儿，好像这是我能做的最好的事。

"练习，多练习就会了。一开始大家都不知道怎么做，什么和什么搭配，又该怎么调味。"渡边曾经告诉我。

但我不好意思跟他说的是,他说的如何搭配食材和调味已经算是高阶了,我至今还没有看到那个影儿。

起初渡边会自己做饭,兴致勃勃练习新菜式,还把我的那份也一起做了。后来可能因为工作太忙,他开始更多在外面吃完饭再回家。我不介意,因为我又回归了蛋炒饭的生活。只有我自己的时候,我们的厨房永远是空空荡荡的,只有最基本的食物,最简单的设备。

"也许有人就是天生这样。"渡边说了这句之后就不再期待我会做饭。

我没有问他"天生哪样"。我想起交

往时他对笨手笨脚的我束手无策的样子，把我"请"到厨房之外，留给我一个匆忙的背影，但当他转过身来看我，嘴角还是上扬的。

现在我们的厨房空无一人。

当妈妈来东京照顾怀孕的我时，毫无疑问，她看到的那个厨房怪物，问题肯定不只是太小，也太冷清。我们已经分开生活太久，也许这是我成年之后她第一次进入我的生活，她吓到了。

在妈妈的理解里，吃饭是人生最重要的事情之一吧。在她和爸爸还没有离婚的时候，她就很爱做饭，干劲十足。我猜她跟众多中国女人一样,被那句老掉牙的话影响了:"要想抓住一个男人的心,要先抓住他的胃。"

时代已经不同了。双职工家庭没人有时间整天在厨房里转来转去,更何况外面买的东西好吃又方便。

我说我不在乎吃什么,随便做点就行。

"你小时候嘴很挑的。"妈妈的意思是我现在完全不讲究。她说我只吃某一家店里现磨的嫩豆腐,超市卖的不吃。她有一次把超市的和豆腐店的放在一起煮,结果我只吃了豆腐店买的那一半,剩下一半整整齐齐留在盘子里。

我不记得了。就像妈妈总告诉我奶奶

是如何欺负我们娘俩的事一样,我不记得了。脑科学家说我们的大脑只被开发了一小部分,但我的感觉却是容量不够。新的事情会更新掉旧的事情,不然怎么解释很多过去的事情妈妈记得,而我不记得了呢?我的生活每天都在发生那么多事情,日新月异地占据着我的大脑,而妈妈的生活一成不变,停滞在了过去,她的记忆没有被更新。

妈妈做的菜也是熟悉的味道,蚕豆炒鸡蛋,糖醋小排,西红柿汤,米饭。

"营养均衡最重要,中国人什么事都讲究均衡。主食、青菜、肉类、汤。"我们坐在客厅饭桌吃饭时她说。

"太麻烦了。"我头也不抬。

"不麻烦。"

"那是你觉得不麻烦。我觉得麻烦。"我真的很讨厌这种强加给我的东西。什么事妈妈都觉得不麻烦、没问题,那当然是她的自由,但为什么要让我也像她那样想?我完全不那么想。我怀孕五个月,还坚持在家工作,翻译一本日语小说,工作之余我怎么可能有时间做什么营养均衡的饭菜?

"我给你做,你吃就可以了。"妈妈平静地说。

"你不要我做,但你要我陪你每天去超市买菜,哪怕超市离家走路只要三分钟。"我猜妈妈不会想到我现在变得这么伶牙俐齿。我以前不爱顶嘴,甚至不爱说话。别人说什么我都听听就算,很少反驳。但现在不同,我一个人在异国生活那么多年,所有自己的权利都需要自己去捍卫,不然我就得不到。哪怕是跟渡边在一起,我也需要费比以前更多的力气来表达自己的需要和不满——因为日语不是我的母语。

妈妈没说话。这反而激起了我的斗志。

"有时候我在工作,你就不能自己去超市吗?我们已经一起去了那么多次,你怕什么呢?"我要把握住这个机会,这样以后就不用每天花时间陪她去超市了。

"我觉得你总是坐在电脑前,也需要

走走路什么的……"妈妈又在说她"觉得"的事。

"需要走路的时候我会去散步的,主动散步和被动去超市是两回事。"我立即指出她的逻辑漏洞。

"好。"妈妈不再反驳了。

没想到我赢得那么轻松,就这样,来东京住了两个月后,妈妈终于敢一个人去附近的超市买东西了。我的负担一下子减轻不少,孕中期我的腿脚很容易肿,工作又总需要坐着,闲下来时只想躺着把脚跷高。

任

蓉

蓉

现在想起过去的事情让我精神恍惚，有些事情发生的时间顺序成了谜团，有些记忆明显出了破绽，但不知道该怎么办。空气好像是在一瞬间变化的，一切发生得太快。但这怎么可能？我问我自己。我怎么会一点都没觉察到危险在靠近，我怎么会忘记多个心眼呢？

萧岗村的快乐日子让我放松了警惕,那也正是做孕妇该有的生活——心情舒畅,亲近自然。尤其是当我知道政策在放宽,城里传来的小道消息说:计划生育政策即将结束。村里不止我一个躲着等生产的孕妇,其他五六个孕妇也是这样说的。

我们傍晚在麦地头坐着聊天,其中一个孕妇就要临盆了,她激动地告诉我们,她生完就要回城里了,丈夫都算好日子来接她了。

我们的眼睛里都是亮晶晶的期待,大家算着自己的预产期,我还记得有个肚子还不明显的孕妇叫芬如,她说:"说不定到我生的时候,就没有计划生育了,我就回城里生啦。"

大家互相打气，至少在那时都相信事情一定是往好的方向发展的。

我和光辉每周都通信，就像毛毛出生前他在外地进修时那样。从今天吃了什么，到身边发生的有意思的事，事无巨细地分享给对方。有天我的信里写道：我第一次看到了小麦，小孩很馋，大人把小麦在火上轻轻一烤，吹凉后给小孩，拨开麦穗被烤焦的外壳，里面的小麦胚很香。光辉的回信说：看来有人已经吃过了，不然怎么知道很香呢？我还记得在偏房的床上读到这句话的时候脸颊一红，他在逗趣我呢。我们是经熟人介绍相亲结婚，彼此都是初恋，甚至没有说过爱这一类的字眼，但这种温情的时刻对我来说足够了。

最让我脸红心跳的一封信，光辉写道：要不是这里的工作太忙我走不掉，真想立即去萧岗村陪你和毛毛，让你一个人在那里待产，实在是心疼。他在用他的语言说他想念我，而我也把我的想念回信给他：如果你在我身边，我会多么高兴呀。

还有一次，光辉的信很长，他说还想考个在职硕士，虽然当时大学生已经够稀少的了，他还是想更出类拔萃。在信里，他分析了省城的两所院校的招生情况，最终得出结论，某某大学应该是最好的选择。信的末尾他还说，如果你也去进修，回校后就能更被器重。我被他的进取精神感动，告诉他我也会努力的。

光辉不仅是我的孩子的爸爸，也一直是我最好的朋友，最贴心的爱人。不管后来我们变成什么样，我都不会忘记这些日子。

来到萧岗村一个月后，有天舅舅急匆匆回家后就把门锁死了。舅母问他怎么了，他低声说："城里来人检查了。"

我一时没理解他的意思，再听他和舅母吩咐让我和毛毛都不要出门，不要和人交谈，我才明白：我是被检查的对象。

那时我已经怀孕六个多月了，我虽然

很害怕,但心里总有侥幸,大概是村民不会告发我们,我们和村民关系都很好。再说了,就算发现我们又怎么样?我的肚子已经那么大了。于是在给光辉的信里,我把这件事一笔带过:舅舅说城里来人检查了,我想应该只是走个形式。要开除就开除我一个人吧,我可以到农村当老师,积累经验。

我现在回想起这些,都难以接受我当时竟然是那么天真。但当时我才二十五岁,能和光辉分享全部,和毛毛、肚子里的川川过着我一生中最快乐的日子,我怎么可能不天真?

舅母回邻村的娘家两天,走时嘱咐我

连晚上也不要出门。家里三道门反锁，毛毛一直闹脾气。

"妈妈，走。"毛毛拉我的衣袖，她往门口走，我就把她抱回床上，她又往门口走，我再抱回来，这样来来回回折腾几次后她哇哇大哭。我怕她哭了被路过的人听到，就一遍遍给她唱儿歌，讲故事，牵着她的手在狭窄的偏房里走来走去，吸引她的注意力直到她困了要睡觉。

这样的日子过了多久？也许是两个星期吧。在给光辉的信里我把这段足不出户的日子写得很喜剧，我告诉他我和毛毛已经用脚丈量了舅舅家的每寸土地，现在这个家里没有我们不知道的秘密。

舅舅有时候会带回家一点新的消息,"风声紧了""听说成立了专门小组,有妇联的人管""说不定过几天就没人在意了"。我分不清哪些是真的,哪些是舅舅说来安慰我的,可能舅舅自己也不知道吧。

有天舅舅回家说:"听说有个孕妇生了。"

我很高兴,一定是那个上次见面时快要临盆的那个人,算日子差不多。听舅舅说,是个女孩,健健康康,母女已经一起回城里了。我又充满了期待。

因为不能出门,毛毛一直在翻一本破破的童话书,已经不记得给她念了多少遍了,同样的内容每次她都听得聚精会神,我累了靠在一边的时候,她还在一个人看那些她完全不认识的字,不哭不闹,好像被字吸了进去,小小的手指摸着那些天书。后来我经常想,她喜欢读书、文学是不是和这个经历也有关?我脑子里全是什么时候能顺利带着他们回城里的想象,无暇顾及她那么小的心里承受了什么,她只能一个人面对沉默的书籍,在那里面交朋友。这也是我后悔的。

我生活在舅舅家的偏房里,每天获取一点不准确的小道消息,在忧心忡忡和满怀期待中徘徊,度过了我的孕晚期。舅母信佛,每天早晚为我祈祷两次,希望我能顺利生下来,不要受罪。我已经把丢工作的事情想好了,丢就丢吧,我要生下来,就像我说的,怎么可能有母亲能放弃自己的孩子呢?工作又算什么,我生毛毛的时候命都可以不要的啊。我和光辉写信说到这个时,他的回信说,他赞成我的想法。

就快到预产期的一个晚上,三更半夜有人来咣咣咣砸门。我把偏房门锁紧,抱着毛毛不敢发出声音。我知道是检查的人来了。不止一处响起了同样的砸门声,妇女孩子的哭喊声,狗叫声,锅碗瓢盆被打翻的声音,最脏的骂声,一切都在深夜里那么刺耳。如今过去那么多年我想起来还是会颤抖不已。

我把毛毛紧紧抱在怀里，可能因为太过害怕，毛毛竟然没有哭，而是睁大了眼睛看着门那边。突然一阵踹门声，我上的锁头掉在地上，手电筒的强烈光线照在我脸上，好像我是个罪大恶极的混蛋。紧接着，几个妇女过来拉我的胳膊，两个男人抬我的腿，四肢被分开，我圆滚滚的肚子朝上撅着一览无余。我本能要挣扎，<u>鱼死网破</u>地要我的自由，但我立即顺从了。为什么？因为我是个妈妈，我要保护我的孩子。我怕他们把我扔在地上。于是我任凭他们把我抬走。一切都发生得很快，也许只有几分钟时间。

　　我听到一个像是很有文化的妇女在跟

我舅舅解释："我们只是暂时统计人数。明天到妇联来接她就行了。"我还听到毛毛哭着喊："妈！妈！"那时候我没法顾及她，听着她的哭声我的眼泪也一直不停掉。不可思议的是在那种情况下我还是清醒地提醒自己：保持平静，千万不要伤到肚里的孩子。我深呼吸，咸咸的眼泪灌到了嘴巴里。

那一晚我在"妇联"过夜，我们都叫它红房子，因为房顶尖儿是红色的。和我一起被用平板车拉来的还有四个孕妇，其中就有那个芬如。她最年轻，肚子也最小。

地上铺着两床被子，自称妇联小组负责人的妇女让我们挤一挤，凑合一晚。大家都在哭,只有芬如咬着嘴唇说:"不要哭,哭就是输了。"

我的肚子看起来是最大的。其他几个孕妇都给我让位置,让我姿势能舒服点。

"她们还是人吗?这样对快要生的孕妇。"

"真出了什么事,谁来承担责任?"

后来没人说话了,黑暗里大家都抽泣着。我一夜都没睡着,因为惊吓过度,也因为对将要发生什么完全失去了判断。

天蒙蒙亮,有人来把我们五个孕妇分开,带到不同的小屋子里去。分开管理,让我们的恐惧更深。

"等着家属来接吧。"那人说。

舅母来接我的时候，带了家里的储蓄：五百块钱。想塞给妇联的人，妇联的人拒绝："你们不知道问题的严重性，这不是钱的问题。"

舅母大字不识一个，自己的名字都不会写，一辈子在耕田。被这么一说眼泪不停流，问那人该怎么办，舅母一定在想，要跪下也行，要怎么都行。但那人只是骄傲地看着舅母，好像是在看一个低等动物，不屑于和她多解释一句。他的眼神我一辈子都不会忘记。其实他并不知道这是什么问题，因为这一切不是他能决定的，他也只是在等别人来传递给他一个消息，然后他再行动，只不过现在被困的不是他，只是这一点就足够他高高在上。

　　我也哭了,我哭是因为自己读书受教育,学一些美德,但从没看过人能有那样的眼神,那与其说是人,不如说是某种精明的动物的眼神,一种掌控其他生命时的残忍眼神。我感到悲哀。我所相信的、我的天真正在一点点被击碎。我感到一种绝对力量在朝我涌来。

　　"让你直系亲属来接你。"那人扔下这句话就走了。他和其他几个妇联的人一起在门口吃着早点,喝着热乎乎的汤。我看着舅母把五百块钱小心翼翼地包在手帕里,再把手帕塞到袜子里,最后把鞋穿上。她侧过脸抹了抹眼泪,挤出了个笑脸给我:"夜里你舅舅就去城里送信了,这会儿毛毛爸和毛毛奶奶已经在路上了,你别急啊。"

舅母一辈子信佛,吃斋念经,种地耕田,对人极其善良。但她一生没有生育,村里诊所也查不出是什么毛病,为此被人指着后背骂了半辈子。毛毛奶奶来红房子接我的时候说得很难听:"一个孕妇,住在生不出娃的家里,真晦气。"

毛毛奶奶是大小姐,没干过粗活,看不起农民。她哪知道舅母平时对我很亲,有肉都让给我吃,自己啃菜帮子。我第一次感觉到川川在肚里踢我,舅母摸着我的肚子热泪盈眶,我知道她也想有个孩子,她心里很苦。就为这个事,我也不会原谅毛毛奶奶。

三年后舅母来城里找过我,她说在县医院看病,医生说她脑子里长了个瘤子,压迫视神经,过不了多久就会失明。我问她要不要手术,我借钱给她,她说手术风险很大,万一下不了手术台怎么办?今年的稻子还没插完。在我家客厅聊着,她的眼泪像断线一样不停流,她问我:"蓉蓉,都说好人一生平安,我做错了什么?"我说不出话,只能把当时家里的米花糖都包起来让她带走,我知道她最喜欢吃甜的。就在当年年底,她因为脑癌突然恶化去世了。听到消息时我哭了,我跟毛毛说萧岗村的舅姥姥去世了,毛毛扑闪着长睫毛满脸困惑,她不记得了。

至于光辉,我想我们的分歧点正是从红房子开始的。当我第一次在红房子里过夜时,还在心里想过应该怎么跟光辉说明这里发生的事。"这里的房顶是红色的。"太过冷静。"我们几个孕妇后来都不敢说话了,真的很害怕。"太轻描淡写了。"舅母哭了,我也哭了。"那又怎样呢?我第一次感觉到无法和光辉共有一段经历,无法描述我的心情,以及一件事在客观上到底意味着什么。

继续说红房子的事吧。第二天中午,

毛毛爸爸和奶奶来接了我,把我送回舅舅家,毛毛正在偏房的床上睡觉。我听到她发出呜呜咽咽的声音,像是在做一个噩梦。我躺在她身边,从背后轻轻抱住了她的肩膀,没多久她就安静下来了。

后来的事情发生得很快,没有时间给我多想。两天之后我在萧岗村村卫生室生下了川川,七斤半的大胖小子,乖得不得了,眉眼跟毛毛一模一样。当我能坐起来后,第一件事就是给光辉写信:我们母子平安,数着回家的日子。

农村条件比城里更艰苦,但都能忍受。我记得舅母给我带了一个红彤彤的大苹果,我产后一点力气都没有,咬不动,看着可馋了。舅母想法子借了一个大碗，一个铁勺，把切成块的苹果硬生生磨成了汁给我喝，真甜。我这辈子没喝过这么甜的果汁。

出院那天，舅母跟我说隔壁运进来一个孕妇。透过墙壁，我听到一个熟悉的声音从抽泣到哭得撕心裂肺。

给我接生的卫生员说那是芬如，她因为不满六个月所以要被强制引产，这是新的规定。

引产，不是流产。因为肚里的孩子已经成形了，所以没法流掉，只能喂孕妇吃一种药，毒死肚子里的孩子，再把孩子的尸体取出来。卫生员这样跟我解释。她说芬如的孩子已经死了,她们现在要把那个尸体取出来。

"都已经死了,只能取出来,还能怎么办嘛。"我听到墙壁那边一个妇女冷静地说道。

这句话之后,芬如的声音渐渐听不见了。也许是我记忆出了问题,我记得自己听到了不锈钢器械碰撞的声音、拉帘子的声音,但那应该是不可能的。

我害怕得要命,心里只有一个想法:赶快离开这儿。

抱着川川走出卫生室的时候我腿直发软,不仅是因为身体虚弱,而是因为我突然意识到川川能活下来只是一个偶然,而不是一种普遍的幸福。那个时代，如果有一张纸上宣布怀孕超过六个月的人可以生下来，而六个月以下的必须引产，我又怎么不可能是不幸的那个呢？不知名的地方来的一阵风，都可以轻轻改变我的命运，就像改变芬如的命运一样。我们都一样，等着所谓的风声、政策、消息，哪怕它没有理由、没有定论、随时会变。芬如生下了被杀死的孩子，我只不过比她运气好一点而已。

我从没这么清楚地意识到我们都伸长了脖子，在等着命运来光顾。

偏房有锁，但我已经知道随时都有可能被人踹开。一种不安全感始终飘浮在空气里，尽管如此，川川的存在还是让我感觉很幸福。舅母给川川做小衣服，把他当自己的孩子一样疼，整个家里都变得热闹。

"川川是天使。带给我们所有人笑脸和幸福，这不是天使是什么？"舅母连做饭时都背着川川，川川在她背后咯咯笑。

回城的日子一拖再拖，我们好不容易找到一个在妇联工作的熟人，她说了实情："现在城里抓得正紧，回不去。"

我咬咬牙说工作我不要了，辞了。还有女儿和丈夫在等着我们呢。

熟人说，现在回去丢工作还是小事，川川上不了户口，一辈子黑户怎么办？听说成了黑户之后就不能正常上学，只能像个鬼影子一样活着。还有毛毛，因为有个超生的弟弟而被人歧视怎么办？"你们得为两个孩子想想，不要逆风而行。"

我和光辉最终决定再避避风头，看看事态发展。毛毛先跟着他回城，我和川川晚些再回去。

忙着照顾刚出生的川川，每天都精疲力尽，但还是睡不着，失眠，想着要是毛毛也在就好了，不知道毛毛一个人睡觉有没有做噩梦，有没有哭，光辉工作忙，谁给她读童话书？做妈妈，真的是要把心都挂在外面的。

我依旧在舅舅家的偏房里生活，只不过收起了刚来萧岗村时那份愚蠢的天真。

我把脖子伸得长长的,祈祷着我的命运,就像终生未能生育的舅母想要一个孩子一样虔诚。

妈妈告诉我,必须好好学习,才能出人头地。我如果不做完作业就跑出去玩,回家后等待我的就是无尽的眼泪,她一直哭,哭得我心里都发毛。

"连你也不听我的话,我真不想活了。"

暗黄的灯光下,妈妈泪眼婆娑。那时

爸爸已经搬出去和别人结婚了。

有时候我正在做作业,妈妈会在一边一直看着我。

"要是你爸爸在,他就会让你挺直腰板。"

"你不要说话好不好,我没法集中精神做作业了。"

"好好,我出去。"

等妈妈出去,我才感觉轻松。我怕她看着我的眼神随时可能变得悲伤,或者变得愤怒。我不记得那具体是什么时候了,总之有一段时间她特别奇怪。像坐过山车,情绪不稳定。好的时候很好,但生气起来吓人得很。

"你为什么不听我的话？"

"我没有！"

"我让你不要跟小梅在一起玩，她不是好孩子……"妈妈总是要扯一些不沾边的理由来限制我。

小梅没有任何问题，就像我也没有任何问题。我们偷偷地在大院里摘一种不知名的红色的花，挤出红色的汁液染指甲，对着阳光看。小梅的发卡经常变化，只有一根橡皮筋的我好羡慕她。有天她还带来了她妈妈的淡粉色唇膏。

"这个颜色最浅，不会被发现的。"

我们争先恐后地往自己嘴上抹唇膏，看着彼此的脸哈哈大笑。

"我好看吗?"小梅说。

"好看。"我发自内心地说。她那么自信能问出这样的问题,本身就是一种得天独厚的能力。而我呢?我甚至不敢开口问这个问题。因为答案我已经知道了。

我记得那是一个周末,我无意在衣柜的深处发现了一件淡蓝色的连衣裙。家里没人,我把门反锁,把连衣裙套在自己身上对着镜子欣赏。

连衣裙很宽松,我抓过妈妈的皮带系在自己腰上,微微隆起的胸部和细腰就这样清楚地显现出来。我试着把头发绑高,露出白白的脖颈。一切都是美好而又安静的。

突然间一阵拍门声,妈妈在外面大叫我的名字,那叫声尖利到可怕。我来不及把连衣裙脱掉就去开门,妈妈的脸色都变了:"你在干什么!"她过来摇我的肩膀,瞪着眼睛确认我的呼吸,好像我是个鬼魂。

她把我抱在怀里,紧紧地,那么怕失去我。一股幸福感围绕了我,我们从没这样交流过感情。但不过几十秒后她就把我放开。

"你穿成这样,以为很好看吗?"她的眉头皱紧,盯着我的身体。

"我告诉你吧,一点都不好看!以后不许锁门!"她好像在后悔刚才给我了那一点点温情,报复性地要从我这里拿走更多。

我哭了。

现在,已经没有事情能让我哭。再难的事情都会过去,一个人在异国他乡生活、孤独、丈夫出轨。再难的事情,都可以被解决,只要够努力。"接受不能被改变的",是我常想起的一句话。它教我保持宽容和开放,把自己改变成适应环境的样子。凭着这样的信念我才走到今天,不然我要怎么办?

如果像妈妈一样抱怨、易怒、情绪不稳定,身边的人只会渐渐离我远去。爸爸就离开了妈妈,多年之后,我也离开了她。我尽孝道,花钱送礼,定时回去看她,但事实上我还是离开了她。

"子女本来就应该独立。"渡边说过。我想他说得对。他还说过夫妻也应该独立,所以我们一直在分摊生活开销和房租。

"这个月的水费是三千五百七十日元,你给我一千七百日元就好了。"渡边对数字很擅长,他把这个数字写在玄关的小黑板上以免我忘记。

"为什么你要出一半?"妈妈用中文问我。

"因为我们说好了要分摊……"我知道妈妈很难理解这种相处模式。

"我的意思是你并不泡澡,是他每天

在泡澡啊。那个用水最多。"妈妈说。

我这才想起我没有泡澡的习惯,是渡边每天泡澡,这个水费确实应该他多出。

"孩子生下来,尿布又算谁的钱?"妈妈继续问。

"我想应该是分摊吧。"

"你要全天照顾孩子,收入从哪里来?"

我的心咯噔一下,妈妈再次戳中我的谎言。我说怀孕时翻译做个纪念其实也是因为需要钱来生活,没有安全感。

"她在说什么?"渡边用日语问我。我只能骗他是一些无关紧要的事。

那天晚些时候,渡边出了门。妈妈跟

我说:"你要提出你的要求。"我立即就明白她指的是我和渡边的生活花销问题。

"我又不是为了钱和他在一起的。"

"你要想想你要的是什么。"

我想要什么?我想要尊重,也想要爱,想被照顾。但我不好意思说出口。

"他连张书桌都不买给你。"

我的脸红到耳根。妈妈怎么能把这么大的罪名这么轻易地说出口?"你根本不好看""他都不愿意为你学中文""他连张书桌都不买给你",一直以来妈妈眼里的我都是如此,不好,不值得被珍惜。

"你只是想要我跟你一起骂人而已!只想说自己被人怠慢、被人伤害,只想自怜而已！"我的声音颤抖，自己听起来都很陌生。这的确是很久以来我的真实想法，只不过我第一次把它说了出来。

"你是要当妈妈的人了，你必须提出你的要求。"妈妈说完轻轻摇摇头，"你想要静静，对吧？我去超市逛逛，过会儿回来。"

我曾经跟妈妈说我不喜欢争执，和渡边偶尔吵架的时候只希望两个人在空间上暂时分开，彼此冷静一下。没想到妈妈记得。也许是年纪大了，也许是考虑我在怀孕，这次她来东京，对我明显变得宽容了很多，很容易就会被我说服，还愿意尝试一些新事物。比如我跟她说我晚饭不要吃白米饭了,因为容易胖,而婴儿的营养主要来自蛋白质,我晚饭只吃青菜和肉类,对此她没有追问就答应了。再比如她最近不再去超市立即回家,而是"在附近转转"。据她说她发现了几个小公园,乘凉很舒服。

妈妈走后,客厅里只留我一个人,我又想起来那些小时候的日子,害怕、孤独,从来没有离开过我。我这样的人,不好看,小地方出身,只会学习的书呆子,也可以跟男人提出自己的要求吗?如果我连提出自己的要求都不敢,或者甚至我不知道自己的要求是什么,我还能保护我的孩子吗?

天要黑了,渡边发来信息,说晚上会

工作到很晚。我习惯性地回复了个"好"之后，突然发觉距离妈妈出去已经两个多小时了。往常她多则一个多小时就会回来的。我有种不好的感觉，拿了外套和钱包就出去找她。

在家附近的超市找了一圈，没有她的影子。我心里焦急，表面镇定地捂着肚子在周围的几个小公园继续找。在离家走路大概十五分钟的一个小公园，我远远就看到了她。天已经黑了大半，她坐在路灯下的长凳上，背对着我，但我一眼就看出是她，因为她穿着"中国人会穿的那种衣服"，和我在日本买的都不一样的那种。我看到她的双手抱着额头，像是一场消除头痛的仪式似的。我想起她曾经在我小时候给我说的那些风水故事，被下咒语的老婆婆，奇怪的房子，但只有零星碎片，想不起内容了。当我自己可以看懂文学名著后，我早把那些扔到破角落里了。

我想过去，质问她怎么还不回家，但我始终迈不出那一步。

我只是远远地看着她，直到我发现天完全黑了，她的身影轮廓在光影中清晰可见，我这才注意到她在哭。她的肩膀在抽动。她的双手捂着自己的双眼。

我感到一阵难过，因为我和她血肉相连。随即，我想起一件关于自己的事。

那是十年前，我刚到东京没几天。说

是东京,其实房子租在东京都之外的埼玉县,那里相对房租便宜,交通也算方便。我在一个中国人房屋中介那里找的房子,因为那时我几乎不会任何日语。我还在中介那买了一辆二手自行车。

　　我兴奋地骑着自行车在家附近探险,哪里有便利店,哪里有公车站,我都想搞清楚。骑车在附近转了几天后,那天我又骑车出去,只不过出门时已经是傍晚。我顺着已经熟悉的小路骑,但十分钟后我傻眼了,天黑了,我记得的路标都不见了。硬着头皮继续骑,却感觉越来越陌生,我不禁想到自己是不是骑到了一条从没来过的路。

那时我的手机还没办好,没有网络,查不了地图。

我不敢停下来,怕别人像看可疑分子一样看我,我在心里安慰自己:再骑到下个路口看看,说不定就认识了。但理智告诉我,这样只会离家越来越远。

那里不是繁华的东京,住宅区里没有亮灯的店铺。我昂着头骑着那辆二手自行车,眼泪迎风从嘴边滑落。那是我第一次意识到:这里不是我的家,我想要生活下去注定要吃很多苦。

最后我骑到了一个警察岗,把我的住址写在纸上给他看——我不会说日语,就像个哑巴。

我不知道妈妈是不是因为迷路了才在小公园里哭的。而如果我错过了现在，就代表我们以后都不会有机会再谈起这件事了。

明明有太多事情我们应该谈，但我们都在回避。

比如她给我的伤害，她知道吗？因为她在我的印象里总是挑剔、总是消极、总是抱怨，所以我不擅长和人相处，也害怕和人亲密。正是在我怀孕后，我开始感觉到自己在孕育一个生命之后，我才开始想妈妈到底应该怎么做。

我也想问问她，如果我的丈夫在我怀孕时再次出轨，我该怎么办。

"都七点了。"我尽量表现得不动声色,出现在妈妈面前。路灯下我看不清她的表情。

"我在乘凉呢,这儿真舒服。"

"渡边说他有案子,要很晚回来。"我在她身边坐下了。妈妈没来照顾我时,我也经常一个人坐在这里发呆,想着我的孩子会是什么样子。

"哦。"

我以为妈妈会说渡边的坏话,没想到她只是轻轻发出了一点声音,表示她听到了。

"渡边太忙了。下个月还要去外地出差,不知道我生那天他能不能到产房陪我。"这个是我最担心的事。他出差的日子刚好是我预产期那一周,万一他不在,我该怎么办?

"你可以要求他不要去出差。"

说实话,我没想过这个可能,因为我默认他的工作是很重要的,虽然他没有说,但我可以理解:不管是跟客户见面还是出庭,时间都不是他能控制的。更不要说也许那个客户的后半生都掌握在渡边的手里,我怎么忍心去打破他的客户的期待呢?

"出差不是他能决定的。难道他故意要在老婆生孩子的时候出差吗?"

"怎么不是他能决定的?他当然可以推脱掉。"

"你为什么不能把他往好处想想呢？渡边你不满意，小赵你也不满意。"

"我根本不在乎小赵或者渡边，我在乎的是你满不满意、开不开心。"

我愣住了，原来妈妈看到的小赵和渡边，是透过我的眼睛看到的。不满意、不开心的那个人是我。

"唉，你处处为他着想。"妈妈把她的手放在我的大腿上，这是我们之间最亲密的举动了，"你从小就是好孩子，为人着想。你还记得吗？你让我抱你，我说我怀着弟弟呢，抱不动你。你就懂了，很乖地自己走。"

弟弟，像是上辈子的事。我只依稀记

得有一阵妈妈和我很开心,准备迎接弟弟到来,那时我们不住楼房,家附近有农田,那到底是哪儿啊?我的弟弟去哪儿了?

"我怕他不在。"我一阵悲伤。

"就算他不在,也不要害怕。"妈妈温柔地说。

"我怕我听不懂日语,生孩子的术语语言学校没教过。"

"你日语已经很好了。你去超市什么都懂。不要害怕。"

我的眼泪在眼眶打转,我想我不仅是怕渡边不在,我也害怕渡边这个人。

我一直没有跟任何人说过一件事。

妈妈来东京照顾我之前,我和渡边吵

过一架。吵架内容并不严重，甚至可以说无关紧要，因为我已经忘记了，大概就是谁忘记按日子扔垃圾这种小事。

我记得本来一切都已经平静了，他却突然以一种轻松的语气说道："你知道吗？夫妻离婚，有一成的孩子会归爸爸抚养。"

我一瞬间没明白他的意思是"只有一成的孩子归爸爸，绝大多数是归妈妈"，还是"有一成的孩子都归爸爸，很多吧"。他经常告诉我一些法律小常识和数据，我也都是兴致勃勃地听，但离婚和孩子分给谁这个话题还是让我吓一跳。也许他最近在跟进的是离婚案件吧，我想。

"看来日本也是优先把抚养权给妈妈

啊。"我想说的是在中国应该也是如此。

"一成。十个爸爸里只有一个爸爸能拿到抚养权。"他骄傲地看着我,"我肯定是那一成。"

我感觉一阵寒气从脚底升上来,我知道他说的是真的,以他的口才和人脉,一定能打赢官司,得到他想要的。我只是没想过有这种离婚的可能,但他想过了。

"为什么呢?我是说,法院判这种事都看什么?"我装作以往那样跟他请教法律小常识。

"日本的法律虽然也是讲究'以母性为先',但最终还是要看孩子跟谁生活会比较幸福。"

"经济能力什么的?"

"经济能力当然很重要啦,还有居住环境,父母一方有没有过失等等。"

我想起刚开始约会时渡边跟我说过的一个案子,一个失职的妈妈被判定为没有抚养能力,孩子被带到了福利机构。

"她自己没有收入,住福利房,打零工,把女儿锁家里出去陪酒。那个女儿真是太可怜了。

"这些案子太简单了,拍几张那个妈妈和'男朋友'在一起的照片,水电费欠费证明,就够证明她多荒唐了。

"这种情况下如果爸爸愿意抚养,就归爸爸。可惜爸爸也不愿意出面……"

我记得当时我眨巴着贴着假睫毛的眼睛,学着刚从日本杂志上学到的无辜表情看着他滔滔不绝,他西装革履,谈吐非凡,还照顾我这个中国人,隔几句就问我懂不懂他的意思。

我尝试为那个妈妈说话:"她去陪酒可能真是生计问题,毕竟要养孩子……"

"她应该做的是请个好律师,把不付抚养费的孩子爸爸告上法庭。日本法律规定每月要给抚养费的。"

"也许她不想再和那个爸爸有任何牵扯了。"

"也许吧。"

他笑笑地看着我,像是不屑与我争。

他对他的专业有绝对的自信，我一直都知道。

如果我们离婚，孩子他一定会得到。渡边清晰地告诉了我这点，听到的时候我虽然怕得要命，但还是佯装镇定和温柔，在心里劝自己，我们是不会离婚的，既然不会离婚就不会发生孩子属于谁的闹剧，我不用瞎担心。

可那个标准——孩子跟谁会比较幸福的标准——却一直萦绕在我心头。我时不时要问自己：我真的能当一个好妈妈吗？毫无疑问，渡边摧毁了我的一部分天然的信心。我因为他的坚强独立而爱上他，同时被他骨子里某处的冷漠所伤害。他讲道理，看证据，他善辩，用语言来捍卫自己的论点、抨击别人的弱点，这是他的工作、他的天职。

我突然明白了为什么我没有把发现他出轨的事情摊开来，不是因为我想保护这段关系，也不是因为我没有把握，而是我知道争论起来我一定会输。

他会说："你翻我的口袋是不信任我。"

他会说："你怎么证明那个照片里的手机是我的？"

他会说："你没有证据。你疯了。"

我听过太多这种话了，虽然不是对我说，而是他对电视里的情节、他接手的案子的评论。对象换成我,他也不会口下留情的。

刚吃过晚饭的孩子们陆陆续续来公园玩,我和妈妈依旧保持着并排坐的姿势,她的手放在我的大腿上。

"我怕我还没准备好当妈妈。"我说。

"你已经准备很久了。"

"啊?"

"孩子在你肚子里,和你朝夕相处了那么久了。"

是的,我们相处很久了。我感觉到她在我肚子里的动静,她的小脚会踢我,产检时我还听过她的心跳声,那么强壮。她每天跟着我一起活动,吸收我吃下的营养,如果我剧烈运动她会表示抗议。我所有的内心独白她都听得到,一个身体,两个心跳。

"告诉渡边你需要他在场,告诉他你的要求。能不能办到是他的事,与你无关了。"

我答应了。妈妈说得对,不能因为害怕答案不是自己想要的,就干脆不去问。

"对于一个孩子而言,这个世界遍地都是危险,她没有任何能力,不怕火不怕水,不知道什么是危险,完全依赖于你。作为一个妈妈,你不能再把精力放在一些无所谓的事上,不要去争没有意义的输赢,你要承担起责任。会有很多事情来分散你的注意力,干涉你,让你没有办法关注自己的孩子……你要时刻专注,要警惕,要坚强,只有这样才能保护你的孩子。"

像是在上幼儿园的孩子们在滑滑梯上你追我赶,哈哈大笑。我转过头看妈妈,路灯下的她比我印象中更瘦小、坚强,像一座小山。

"然后有天她会离开你,你就知道,她长大了。"她露出了灿烂的笑容,泪水闪闪发亮。

任

蓉

蓉

看到毛毛的厨房时我的心一阵绞痛，简直喘不上气来。一直以来我以为她一定早都忘记的事，看来她还记得。我后悔，我后悔的事太多了。

我和川川在舅舅家的偏房生活了快半年，时间慢得像是在坐牢——说坐牢可能还挺准确的——产后我恢复得不好，很少下床，更少出门。有一天舅母高兴地跟我说，她去找熟人打听了，回城的户口就快开放了，最多还要三个月。

我记得舅母粗糙的手拉着我的手，我们俩一起放声大哭。她还跑去佛像前面磕了几个响头。那真是有了盼头，三个月，有了这个具体的时间，我就有了盼头。

但是风向在一个月后再次改变，妇联派人来通知我们：把孩子都带到红房子去，统计人数。

我不知道他们说的"统计人数"是什么意思，我第一次被手推车推到红房子的时候是个临盆的孕妇，那时他们也是说"统计人数"，统计什么人数？做什么用？为什么不能在自己家?那时候根本没人想到要问这些问题,只能默默地照做,争取"好的表现"。

舅母抱着川川,我跟在后面,我们又来到了红房子。一切都没有变,芬如被刮宫的那个病房早都空了,我还是不敢多看一眼。再往里走,有人声了,有三个和我一样的母亲,都是以前做孕妇时就认识的人,但气氛却很紧张,没人聊闲话,更没人提芬如的事,大家都紧紧抱着自己的孩子,皱着眉头。屋里只有一张大床,铺着薄薄的棉被,象征性地放着一个枕头。

舅母陪我等到天黑,主任"去县城开会听报告回不来了",妇联的人让我们先回去。

我和其他几个母亲准备走的时候，有个人说："你们大人回去，孩子留下来。"

大家都不愿意。

"怕什么？妇联就是管妇女儿童的。明天要统计人数。"

川川当时才六个月，还没断奶。我跟妇联的人商量能不能明早再送他来，得到的答案是"不搞特殊，必须留下来"。

写下这些，我已经太累了。退休之后，我已经很久没提笔写字了，更别说是这么长的信，上次写这么长的信还是跟光辉通信的时候吧。

因为生病，我现在左眼视力几乎为零，看不清纸张。在家看电视的时候，我把两张创可贴交互贴在左眼上——像是给左眼打了个"叉"，全靠右眼才能看清楚，反正家里只有我一个人，不用担心会吓到谁。来东京之后我不再看电视了，因为听不懂日语，毛毛工作的时候我一个人在公园一坐就是一个小时。

我发现我的记忆力越来越差，总害怕把这些事忘记，那就彻底没有机会跟毛毛说了。于是我在超市买了这个笔记本，在腿上摊开，开始尝试把还记得的事情写下来。

有时候我想象着舅母的脑子里长的那

个瘤子,越来越大,先是压迫视神经,再压迫脑子——就像那些回忆,压迫我的生命,把我的生命挤得乱七八糟,没法再喘一口气。我知道它有天会大到变形,挤爆所有东西,从我的一部分变成超越我的存在,但目前我依然和它和平共处着。

我把川川留在了红房子,我能怎么办呢?我没有选择。

还有其他三个孩子也留在了红房子,并排被放在屋里的大床中央,枕头没用处,被扔在一边。

我们每个母亲出去没有不掉眼泪的,但掉眼泪在当时实在是太平常了,自己抬起衣袖擦擦就行了,不值一提。

第二天,天没亮我就去红房子了,其他几个母亲也一样。孩子们饿了一夜,哭得响,但各自的母亲一来,喂上奶,全都安静地睡着了。我还是高兴的,因为妇联的人还给我们每人发了一个香菇包子当早饭:"大家配合工作,工作就顺利,大家都能早回家。"

我注意到妇联的人说"早回家",我想她应该说的是回城里自己的家,这也正好印证了舅母的消息:快了,快到回家的日子了。离舅母说的话已经过去一个月了,也就是说回家只剩两个月了。我想想毛毛,光辉,我们在城里的家,再看看川川,真是感觉好运要来了。

现在想起这些事,我只后悔我那么蠢。就因为一点点希望,就因为一个香菇包子,我就忘记把牙关咬紧,要是把嘴咬出血来我就不会掉以轻心了。我真是该死,怎么能像个橡皮筋一样反反复复呢?我忘了我的脖子伸得长长的,随时都在等着路过的风来决定我的命运啊。

妇联主任虽然回村了,但据说政策还没有定。"在等上头通知。"她说。

"我们稍安毋躁,再等一等。"她说。

"母亲们回家睡觉,早上来看孩子,喂奶,都是可以的。白天可以在红房子里跟孩子玩。"她说。

妇联的老张负责夜里看孩子,说是看孩子,也就是把他们放在床上不管不问,任凭他们哭。

"孩子一整夜没有奶喝,是真的饿。"

"还那么小呢。"

我们几个母亲都觉得孩子可怜,跟妇联主任商量能不能夜里留宿。

"就一张床,哪能睡下大人?你们多配合吧!难道我想干这个?夜里四个孩子一起哭,脑子都要炸了,一夜合不了眼。"老张埋怨道。大家都不吭声了。

"后天就能接通知。"妇联主任信誓旦旦地说,她跟我们挤眉弄眼,言下之意就是通知一下,我们就能回城了。

"大家都辛苦了,配合我们工作,感谢。"她说。

川川在红房子一个人过了三个夜晚,没有一个母亲愿意这样做,但我们做了。

第四天早上,我跟平常一样天没亮就出门了,一看到红房子,就听到婴儿们此起彼伏的哭声,但我知道出事了,哭声里没有川川的声音。做妈妈的怎么会分不清自己孩子的声音?我跑起来,身体在哆嗦,我感觉要摔跤,但奇迹似的没有。

我疯了一样跑到最里面那个屋子,放着婴儿们的大床上躺着我的川川,但他是脸朝下趴着的,他的脸埋在那个多余的枕头里。我把他抱起来,他已经没有呼吸了。

我在那个时候也死了,后面的事情只记得一些碎片。我的身体还在,但我的心漏了一个孔,风从那里来去自如。

他们给我的解释不过是川川自己脸朝下睡着了,没人注意到他悄悄地不再呼吸。老张没有义务半夜去一个个检查婴儿们,他听到婴儿们的哭声,不可能知道少了一个婴儿。他们义正词严,就像在杀死芬如肚子里的孩子时说的那样有理有据,好像接受这些随机的灾难就是我们的命运。

他们说可惜,就要回城了,出了这种事。他们说,不要声张,说出去对谁都没有好处,其他三个婴儿也难回城了。他们说,任蓉蓉你想开一点。甚至有个妇联的人跟我说:你还年轻,再生一个,到时候说不定就没名额限制了,你也不用躲来躲去。

"说不定"。他是让我再把自己的脖子伸长,感受那种彻骨的恐惧吗?我想我就是从那时候开始变得神经质的。他们描述我的那个词,就是神经质吧?我想要一个肯定的结果,而不是"可能""也许""说不定"。这样的词我已经听得太多,也信得太多了,如果我心地坚硬地抱紧川川,不配合妇联的工作,不让川川一个人待在红房子里,我就不会失去他,不会有一个母亲会注意不到孩子翻身朝下睡着。我无数次地回想，如果我不是那么心存希望，就不会发生这种事。是我的错啊。

我回到城里的家，大家都帮我撒谎，说我得了一场大病，变得"神经质"。我想自己应该在那时就放弃一切，但光辉劝我："都会好起来的。"

我只能对他笑笑。光辉是没有吃过苦的人，出生在一个传统的重男轻女的家庭，他作为唯一的儿子从小用的吃的都是家里最好的。他的大度和乐观曾经是我向往的，去萧岗村之前，我们在一起总是欢声笑语。

"我们就当川川是流产了，日子还要

过。"在我闭门不出的日子里他这样劝我。

"是的。"我知道他说得对,只要我还活着,就有我的责任。

"这样下去也不是办法。"他是指我完全丧失了生活能力,工作和家务都放置一边,这样的状态不能再继续下去了。

"是的。"

"我也不多说了,你自己好好想想。"

一开始,我感觉到他在支持我。但后来我意识到他想摆脱我,当我偶尔提到萧岗村的事他的脸色就变得很难看,他希望我别提,别去影响他的心情,自己一个人承担就好。他的言语之中甚至有意无意地在指责我:对于毛毛而言,我也不是一个称职的妈妈。

他说得很隐晦,因为他知道指责一个濒死的人为什么不干活是不道德的。但他还是说了:"你还是毛毛的妈妈,毛毛怎么办?"

其实不用他说,对于毛毛,我已经很自责了。有次我蓬头垢面去学校接她,看她远远跑开了,像个受了惊吓的小鸟,我不敢去追,怕别人看到了笑话她。

有时候我费尽力气坐在镜子前把自己收拾得干净整洁,但因为一点点小事又会低落万分,卧床不起。

光辉不会懂我的感受,他已经当川川是流产了,积极面对接下来的生活,也许他在我不知道的时候是很难过的,但他至少表面上做到了。

我呢?川川在我的肚子里待了十个月,出生后和我寸步不离地生活了半年,我记得关于他的一切生动的细节、触感、气味,我怎么能当他是流产了呢?

除了我,没人记得川川短短地在这个世界上活过,我不想连这个痕迹也抹去了。我如何带着这样的悲伤做一个好老婆、另一个孩子的好妈妈?

好几次我实在承受不了这种拉扯,想死。

最严重的那次,我被拉到医院洗胃。从医院回来,光辉收拾了行李,说受不了这样的日子了，要开始新生活。我这才意识到我的眼泪有毒，让人害怕。我哭着求他，我不会再发脾气了，不会再哭了。他却说："你现在不就是在哭吗？"

也许是毛毛和我一起哭让他心软了，那次他没有真的走。"为了毛毛，我们再努力努力吧。"他说。

我理应把握好机会的，但我只是一再挥霍它。我无法形容那种快感，把珍贵的东西一再打破的快感，事后我会因为自己又发了莫名其妙的脾气而感到羞愧和后悔，但再来一次我还是会做同样的事。为什么？因为我恨他那么积极地生活，川川死了，他怎么能像个没事人一样出去应酬，看电视还笑出声？当我无意中说到川川的某个习惯时，他怎么能露出那样冷酷的神情？

我们曾经无话不谈，他在外地进修，我们坚持通信，事无巨细地汇报彼此的生活，新看的书。我怀孕孕吐很严重，他把攒下来的钞票夹在厚厚的信里寄给我，让我买吃的，我舍不得，等他回家时把满满一信封零散的钞票再递给他。他哭了，把我抱得紧紧的。"我会让咱们过上好日子的。"他说。更不用说在萧岗村我们之间的通信曾是我的心灵寄托，陪我度过最孤独的日子。

他为人正直，天资聪颖，通过进修和考级在三十岁就成了市重点中学的年级主任,他给我们买了新的楼房,新家电家具,他已经为我们做了很多。川川死后,我仍希望他和我共享一份记忆,他说做不到,让我也别那样,这一直让我发狂。有天我突然想起小时候我妈妈曾经说过的一句话:"爸爸是一夜成为爸爸的,而妈妈要花更久时间才能成为妈妈。"当时我完全不懂她的意思,以为她在说绕口令。几十年后我才明白她的意思:孩子出生的那个瞬间,男人随即成为爸爸。而女人要在肚子里孕育许久、经历分娩阵痛之后才可能成为妈妈。失去一个孩子,爸爸的痛苦一定很深,但妈妈的痛苦只会更深。对光辉而言川川是个包袱,会威胁到日常生活秩序,而我永远不可能放弃川川，我会一再想起来他，并且因为想起他而感到幸福。

想明白这点后，我认清了我和光辉已经走散的事实，我再哭喊发疯也没用。就像那个年代的其他夫妻一样，我和光辉害羞到从没有说过"爱"这个字，分开也应该和"恨"无关，我们是因为一些比"爱恨"更大的东西而分开的。

我梦到我一个人在海中央，用力地按着一个树桩，树桩因为反作用力一直浮起来，我却吃力地想把它抱在怀里。不知道过了多久，突然我感觉精疲力尽，睡魔向我袭来，只轻轻一抬手，树桩就漂远了。我看着它自由了，竟然没有生气，甚至没有意外，反而松了一口气，咬紧的后槽牙放松了。我任凭四肢舒展开来，漂在海面摆成一个大字形。

那个梦的第二天，我跟光辉说：你走吧。

毛毛和川川有一样的眼睛，一样的轮廓。有时候我把毛毛看成川川，然后我会回想起川川在我怀里已经停止呼吸的样子，像一幅画，冷冰冰。毛毛笑的时候，哭的时候，吃饭的时候，写作业的时候，我要很费力才能让自己不要去想川川永远没有这个机会，毛毛就是我的全部。

无论什么样的痛苦，都会随着时间

慢慢变淡。但在一些奇妙的瞬间它会展现它的威力,挑衅似的宣战:不要以为我会消失。

我发现工作时我会很少想起过去的事。集中精力面对眼前的问题让我好受很多,我总是办公室里最后一个走的人。相反,当学校放寒暑假时我会很恐慌,因为这代表有大把时间我要独处,过去的事又会一点点复苏,我就那么一个人坐着,忘记了给毛毛做饭。

那一次我真的决定和毛毛同归于尽。她在看电视,说饿了,我这才意识到她的存在。我把毛毛拉到厨房里,因为那是家最里面的屋子,不会那么快被人听见。她坐在灶台前的地上,我蹲在她面前,一只手按住她的肩膀,一只手把一把尖利的水果刀架在她的脖子上,我看到她的皮肤薄得近乎透明,她却完全不知道要发生什么事,还在跟我笑。她咯咯笑的时候,皮肤蹭到刀刃,如果她动作再大一点,或者我手一挥,她就能彻底去死。

"妈妈,我要吃饭。"毛毛突然说。

我吓了一跳,因为我想到这不就是我自己吗?我天真地把脖子伸得长长的,等着命运给我致命的一刀,我的女儿也是这样。我发呆的同时她突然乱动,脖颈立即出了一点血。她好像突然意识到什么似的哇哇大哭。我回过神来,把刀子扔一边,把她抱起来。她一直哭,怎么哄都不停,我反复检查那个伤口,没什么事,她为什么会一直哭?是我的表情吓到她了吗?她知道我要做什么吗?我对此没有任何解释,觉得她肯定不会记得,毕竟从头到尾我一句话都没有说,她也没有受大的伤害。

　　后来偶然一次,我让她帮我端个菜出去,她却停在厨房门口,瞪着眼睛看着我,充满戒备。我突然想起厨房里发生的那件事,也突然想到她从那天之后一次都没有进过厨房,但那时我还抱有一丝幻想,以为这个共同的秘密总会被她忘掉,当时她才那么小,但看到她东京的家之后我才知道她一直都记得,她会一生害怕厨房,一生恨我。

我不会为自己辩解,因为我是那么失败的、无能的妈妈。

我对我的女儿只有一个愿望,就是她能开心。为了这个,我逼她读书,出人头地,过上好日子。但我一直想不通的是,我自己不开心,又如何能教她开心。

我哭了太多,眼睛都要瞎掉了。毛毛从日本给我带来了眼药水,说滴在眼睛里很舒服。她以为是我工作改卷子太疲劳了,她怎么能懂那是因为我哭到心碎了呢?多少次,几百次?几千次?我想跟她说以前的事,但从哪说起呢?你曾经有过一个弟弟?还是,我真的绝望了?直到最近,我才尝试把那些事写下来。

也许她会说:"不要抱怨那些无力改变的事。""人必须首先对自己好。""那不是你的错,你要放过自己。"她读书多,见识多,经常用这些话来劝我想开点。

她说得都对。可对于我来说这些都已经太晚了。最痛苦的时候已经过去,而最痛苦的时候已经改变了我,我已经被折磨成了一个怪样子——这么多年我一直这样想。

直到毛毛告诉我她怀孕了,是个女儿。我立即把头发梳得整整齐齐、衣服熨得服服帖帖,做好了去找她的准备。虽然我不知道应该怎么坐飞机,也不知道她住在哪儿。我从没这么清楚地感觉到:我要好起来了。

王彩英

提着待产包入院的时候,我在前台一笔一画写下我原本的名字:王彩英。

渡边曾经有意无意地告诉我,在外面报日本名字会比较好。我没有问为什么,因为我知道他是指不会被人特殊对待。他太希望我融入日本社会了,就像希望我融入他的家庭,变成他的妻子,他的孩子的妈妈。这当然没有错,但我始终无法发出像日本人一样纯正的音调,在外面报出"渡边彩英"的名字之后不出三句话对方就会察觉我不是日本人,我没有得到特殊对待,但有时候我需要特殊对待,比如多为我解释几遍我才听得懂,比如我的思维方式一直很中国,需要时间来转换到日本思维,如果有特殊对待,我会比较容易生活。

妈妈紧紧跟在我身后,离我一步远的位置。这样她既不会撞到我,也可以随时扶住我。她穿着来的时候的那件淡黄色毛衣,毛衣松松垮垮地挂在她瘦弱的身体上。黑色宽松裤子,红色运动鞋。她的全身上下包括那个棕色斜挎包都是我给她买的,大概五年前回中国的时候。

她的眉头皱得很紧,嘴角又绷直了。我甚至感觉她的头皮都绷紧了,在这种陌生又安静的环境里她一定很紧张。她看着我一笔一画填写个人信息。

"我知道,这是住址的意思。"她指着表格上的日语"住所"一词,就像一个热衷于猜谜的孩子一样笑了。

"没错!那这个呢?"我指着日语"名字"那栏。

"名字!"

"这你都知道?"

"因为你在后面写了王彩英嘛。"妈妈简直笑成一朵花。

我也笑了。护士微笑着看着我们,我知道那代表让我们小点声。但这时候就是该使用我中国人特权的时候,妈妈笑的时候,天塌下来我都不会打断她。

"陪产家属……只有外婆一个人吗?"护士用日语问我,她一定是想问孩子爸爸会不会来,但又觉得直接问的话太冒犯了吧。

"是的。"我自然用日语回答。妈妈的目光紧紧盯住我的嘴,好像是能破译我们的语言一样。没几秒后她还是忍不住问我,护士说了什么?现在要做什么?什么时候轮到我们?

"护士想知道孩子爸爸会不会来。"

"你怎么说的?"

"我说不会。"

"她肯定以为你是单亲妈妈了。"

"我才不在乎她怎么想。"

"我也不在乎。"

"那你就不要问我们在说什么了,为什么什么事你都想知道?"

"我听不懂当然想知道,如果我能听懂我当然不会问你了。"

妈妈的答案无懈可击。

当晚,我生下了女儿小花。阵痛断断续续有三个小时,妈妈一直在我身边陪着我,我抓着妈妈的手,生完才发现她的手都被我捏青了。

小花被塞在我怀里,那么小,那么软,她完全依赖于我,我要保持专注、警惕、坚强……

我号啕大哭。花田助产士问我要不要照个合影。我抹把眼泪,请她给我们照相。

"很好,请再笑一笑……"

她连续咔嚓了很多声快门。

妈妈说:"这个护士人真好。给我们照相,刚才还给了我一瓶矿泉水。"

我也觉得花田助产士人真好。在我分娩的时候,她一直用最简单的日语告诉我如何用力和呼吸,因为她知道我是外国人。

产院推崇母子同室,所以当我被推回

病房后小花立即被送了进来。妈妈忙前忙后，把小花捧在手心，我的恢复情况良好，不出几天就能顺利出院，我们三个人一起回家。

家，是两周前搬好的新家。离最近的车站要走路二十分钟，但沿途有两个大公园，一个图书馆，还有一个儿童乐园。我和妈妈一起去看房，对那儿一见钟情，觉得是适合育儿的好地方。

告诉渡边我要搬出去的那天，我第一次看到他那么激动的样子，也许他知道在这场重要官司里他已经不占上风了。他站在厨房，压低声音用日语问我："是因为你妈妈不喜欢我？"

我摇头。

"你自己说过中国人的亲情太黏稠，父母和子女不独立的！你现在还要做这样的事？"看来他坚信是妈妈煽动了我，即便我否认。

"我不想跟你吵架。"

"是因为古井纯子？我立即就跟她断掉，保证再不联系。如果再联系……"他搜索着合适的惩罚，"再联系我就净身出户。"他一定认为自己说出了重量级的承诺，脸上甚至露出了一点得意。

"我已经找好房子了，还有工作。"

"怎么可能？你还要工作？"

"我要把博士学位修完，在这之前在

大学做教授的助手。"

"你这样对肚子里的孩子好吗？"他已经筹码将尽，我知道。

"正是因为肚子里的孩子，我才想这样做。"

"你不热爱生活，总是不开心，你以为除了我，还有谁能忍得了你？"渡边终于暴露出可怕的一面，我隐隐约约意识到，但一直在回避面对的那一面。

"也许就是因为住在这里我才会不热爱生活，不开心。"在这一场短暂的辩论里，我的手一直放在肚子上，感受着随着我的情绪起伏而胎动的小花。我要坚强，因为我要保护你，我在心里默默说。

"你是孩子的爸爸,我不会拦你和孩子见面,你愿意的话这些细节我们都可以慢慢商量。我只是不再爱你了。现在我要走了。"

日语里很少用"爱"字,表达情感多用"喜欢"。这是渡边告诉我的。我还记得当我第一次羞涩地告诉渡边我爱他的时候,他的表情有点奇怪。在我的追问下他说,日语里"爱"这个字有点沉重。但他随即补充说:"你不必在意这些微妙的区别,就用你自己的语言表达就好。"

彼时我们正在热恋,坐在海边的沙滩,夏日的风吹起我的全白连衣裙摆,也吹动了他的淡蓝色牛仔服领口,我用不熟练的日语问他喜欢我哪里?他一字一句地说:"你总是有点胆怯,好像什么事都需要我帮忙,这让我觉得自己对你很重要。"

我似懂非懂地把这句话全盘收下,以为这是我的好运,他的怜惜。我们像每对热恋中的情侣那样谈彼此的过去,谈小时候的事,恨不得把对方了解个通透。当夜幕降临在海滩,白日的喧嚣变得寂静,就在我想站起来离开的时候,他突然说:"我很努力,不想变得像爸爸那样没用。"

"你爸爸是做什么的?"

"他以前是外交部文职人员,在那个年代是很吃香的职业,铁饭碗,人人羡慕。后来有一天,他说还是想搞乐器,就擅作主张辞职,用退职金开了个吉他行。"

我不知道该说什么好,而渡边只是看向海的远处:"吉他行一直亏损,我们家只能搬到了更小的公寓。全职带三个孩子的妈妈必须出去打零工补贴家用。我每吃一次冰淇淋,妈妈都要来提醒:'这是妈妈挣来的钱买的,你要珍惜。我们并不需要你爸爸。'于是有天开始我见到冰淇淋就想吐,有天开始我再也没见过我爸爸。"

就在那时我第一次拉紧了他的手,作为回应,我告诉他我为什么总是胆怯——因为我觉得自己不被爱,因为我的童年总是一个人躲在书里,自己和自己玩耍。我尽力把记忆中的迷雾拨开给他看,任由他来抚慰我隐秘的伤痛。"都会好的。"渡边在我耳边轻轻说。

他实践了他的承诺。我们住在气派的高级公寓里,他一个人的收入足够养活我们全家包括未出生的孩子,我不懂的日本社会规则他都悉心教给我,我不擅长做家务他也不抱怨。

甚至,我们上一次搬家,所有行李都是他打包的。我自己理不清的物品,他比我还熟悉。久而久之,我已经不知道这是什么样的因果关系了——是因为我不擅长做这些所以他为我做?还是因为他为我做了这些所以我不用做?

离开那天,我把收拾整齐的行李放在

客厅一角，等快递公司来取。渡边不可置信地看着我，像受到了重击的伤患。但我知道他总有一天会好起来，就像我一样。伤总会在那里，并会因为一直碰触而不得痊愈，我已经花了太多时间在这上面了。现在我有了更需要关心的小花，在她刚出生的半年里，我要不分日夜地给她喂奶，隔二十分钟就要检查一次她在睡梦中的呼吸，把房间布置成适合婴儿生活的环境，帮她排除每个不起眼的危险，和她一起迎接每一个她的第一次……会有很多事来分散我的注意力，而我要专注，要警惕。

　　曾经，渡边认识的我是一片羽毛，美丽而软弱，随风吹动。而他不知道的是，现在我和妈妈一样,也成了一座不起眼的、坚强的小山。

真心猜真心

后 记

妈妈打电话来说:"《在小山和小山之间》我看完了。"

"你觉得怎么样?"我问她。

"挺好的。"她回答。

"挺好的。"结合妈妈在这句话之后的语气以及她对我的写作一直以来的肯定,我猜这是一句低调的表扬。电话这边我期待着,想听听她有没有具体的评价,比如觉得哪一段写得很好，哪一段有点牵强之类的。我始终希望我们是无话不谈的那种母女关系，就像我也追求无话不谈的爱情和友情。

可能只有几秒，短短的沉默，我就知道她不会再就这个文章多说一句了，至于她具体的评价，我又只能靠猜了。

妈妈对很多事情的评价都很模糊，想搞懂，要靠猜。她说某个人有个性，可能意思是不好相处。她说自己一点都不累，可能实际正好相反。她说不喜欢某件衣服，可能只是因为看到标签价格贵。如果我问她想不想要某个东西，她回答"还行"的时候，我得综合考虑她的表情、语速、有没有继续谈这个东西的意愿等等,再来猜,如果买给她,她是会高兴还是觉得浪费。

我曾把那个经典笑话讲给日本朋友:从小妈妈说自己喜欢吃鱼头,让我吃鱼肉,我一直以为她是爱吃。后来长大才知道她是舍不得吃鱼肉才那么说的。日本人朋友听了后一愣:她为什么要撒谎?还有,鱼头要怎么吃?

我随即想起日本超市是不卖鱼头的,大家都吃鱼肉。

其实,直到现在,妈妈爱吃什么我也不能确定。我会猜她是不是为了把某样东西让给我,才说自己不喜欢吃的。我不喜欢吃的剩下的东西,她说自己正好爱吃难道是巧合？就像我说的，不能相信她字面的意思。

"为什么总要我猜呢？直接说要或不要，是或不是，真实想法是什么，我多省心。"我曾经暗暗想。

但妙就妙在，当我不知不觉掌握了"猜"这个技能之后，一切也并不算得上苦——就像自动翻译一个个句子，熟悉了就不会难。

有一种情况例外，根本用不着猜，就知道她说的不是真的。

高三去北京艺考，那时还没有高铁，妈妈请假陪我坐绿皮火车，咣当咣当晃了一整夜才到北京西站。在电影学院对面的蓟门里小区住了几天,她每天都拿着一本黑色记事本帮我复习文艺小常识,全是她从艺考辅导书上抄下来的题目。

我现在试图回忆起几个小常识题目,却发现一个也不记得了。被妈妈问"ABCD选哪个"的时候,我大多数靠蒙。考试有没有考到准备的题,我也忘记了。

初试放榜,妈妈挤在最前面,第一个看到我的考号。我顺着她的手指看过去,字太小,我不仅没找到我自己,还在一堆人中差点挤掉了身份证。"走,回去备战下一关!"妈妈拉我逃离现场。

回宾馆路上我兴致缺缺地跟在妈妈后

面,始终怀疑她是不是看错了。夜里躺在宾馆的小床上我忧愁地想:要是妈妈看错了,明天还去考什么呢?到了门口也是被拦住,哎呀一个大乌龙。

第二天在电影学院标准放映厅集合,我怯生生地把准考证拿给门口的老师,那时心里还在嘀咕到底能不能进场。老师给我指了个方向,我才反应过来我真的进了复试。

复试是大家一起在放映厅看一部电影,当场写影评。进考场前,等在家长等候区的妈妈隔着围栏跟我喊:"笔带了吗?"

"带了。"就算小常识答不上来,笔不至于忘的。

"你是最棒的,你可以的!"妈妈又喊。

一句彻头彻尾的假话,我想,因为当时我甚至不知道影评有没有固定的格式,棒在哪?棒在没忘记带笔吗?出考场时妈妈正跟别的考生家长聊天,我靠近一听又是在说那套"我女儿可厉害了",简直恼羞成怒。

"我都不知道什么叫影评!我写的那可能只能叫'观后感'!"回宾馆路上我冲她发火。

"都是写文章嘛。写文章你最棒了啊。"妈妈义正词严地说。

这句"你最棒、你可以"的假话,后

来有过好几次。回想起来,妈妈总是在我最没有自信的时候这样跟我说。比如我想要在北京开一家咖啡馆啦,我想要去日本啦,后面紧接着是我天大的不安——我怕搞砸别人的投资啦,日语零基础去日本是不是太荒唐啦——这样的时候,妈妈就会像我十七岁那年在电影学院考试时一样冲我喊:"你是最棒的,你可以的!"

我当然知道自己肯定不是最棒的,甚至不能算比较棒的那类,我最多算是比较踏实,愿意一步一步慢慢走——直到有人告诉我踏实就是一种很棒的品质,我想这不是我天生就有的,都要归于爸爸妈妈对我的"盲目信任",让我有不急不赶的底气。

这两年，我开始和爸爸妈妈商量他们退休后的生活要怎么过。我提议要不要来日本住一段时间，他们说："可以。"我再问："想和我们一起住，还是单租个房子给你们住呢？"他们还是说："都可以。"

"如果和我们一起住，我们就把一楼的客房整理好。如果觉得不方便，就在我们家附近给你们租一个房子。"我把情况都列了出来，最后换来的还是那句："都可以。"

有天我实在忍不住，猜不出来他们到底想要怎么样，我怪他们总是把问题留给我，简直要逼疯人。

妈妈认真地说："真的，都可以。我

们不懂怎样合适,看你们方便,我们怎样都可以。"

我突然意识到,他们怕打扰我们年轻一辈的生活,怕成为我们的负累。对于我来说司空见惯的日本景色,对他们是异常遥远的陌生世界;我可以美其名曰在一起住方便,但他们也要考虑同在一个屋檐下女婿是什么感受;他们又怎么可能知道我家附近租一个房子要多少钱,一次要交几个月的房租呢?当然,他们可以拿这些问题一一来问我,我一一给出答案,他们再根据答案去判断。

但我自己也知道,他们不会问。有多少次我不经意地打断了他们的疑问?又有多少次我认为他们的问题本身就没有意义呢?"别想那么多。我会告诉你该交什么资料的。""好了我要去工作了。""省不了几个钱,太麻烦了。我不愿意那样。你听我的。"

这些话我都说过太多次了。于是他们提的问题越来越少,相应地他们得到的信息也越来越少,在有限的信息里他们甄别到底怎么样做才能不影响我的生活、工作,在所有的排序里他们个人的感受、方便,肯定是被放在最后面的。

他们第一次飞来日本看我的时候,由于是第一次坐国际航班,两个人都很紧张。

电话里我轻描淡写地告诉他们要耐心看机场的指示牌,听从机场人员的指挥就不会出错。那时我是作为一个经常飞国际线的人在劝他们不要紧张,想想这挺荒谬的,因为当我第一次坐国际航班的时候,任何一个人说任何话也不能消除我的紧张。

让我震惊的是,后来妈妈告诉我,出发前她曾在网上查了一整夜,某个型号的手机充电器能不能带上飞机、什么物品必须托运。我当时生气地跟她说,网上说得并不一定对,你想知道为什么不问我?就算我不了解,我也可以查航空公司提供的信息,保证正确。

她不好意思地说,因为问题太细太多

了，怕耽误我休息。

后来我独自飞国际线的时候，在北京机场偶遇了一个年龄和我妈妈相仿的女性。她说自己第一次坐飞机去看孩子，护照放在了托运行李里，只能在众目睽睽之下把所有行李都打开找护照，打开的行李里没几件她的衣服，各种特产和零食塞得满满的，一定是她精心挑选要带去给孩子的。后来我去安检时她在长椅上睡下了，她说她的飞机其实是第二天上午的，但由于害怕意外情况，提前来到机场过夜等待。我眼眶湿润地想，她是否也在百度上搜了一夜充电器能不能带上飞机，而不敢问孩子一句？哪怕孩子一直都在用手机和各种不重要的人聊着不重要的话。我把这位妈妈的这两点细节写进了《在小山和小山之间》。

成年之后,我试图把我知道的新事物告诉爸爸妈妈,有时候却发现他们并不想知道,也不需要知道。

每次回国,爸爸都会给我端出来一盆又一盆的喜糖,用"盆"真的是不夸张的,天知道一年之间我的旧街坊邻居办了多少喜事?他们说自己已经把"不好吃的糖"吃掉了,留下的都是"好吃的巧克力",特意留给我吃,甚至让我带回日本给丈夫吃。我看看自己从日本带回来的一箱子北海道生巧克力,再看看他们让我带回日本的"代可可脂加工制品",感觉荒谬至极。

"代可可脂加工制品可不是什么好东西。它只是植物油加了香精和色素,冒充一点巧克力味儿罢了。"我跟爸爸说。

"好,好。"爸爸说。

"你吃吃这个北海道生巧,这才是可可豆的味道。代可可脂特别便宜,没有任何健康成分,还有反式脂肪。你知道反式脂肪吧?"

"好,好。"爸爸边尝生巧边说。

"好什么好?你们说的'好吃的巧克力',对身体不好的,还要给我吃。"我可不愿意带这些东西回日本。

"你小时候最喜欢吃这个,一袋喜糖

里只吃这个'巧克力'。你忘啦？"爸爸都有点委屈了。

我这才想起来，我确实最喜欢吃这个"巧克力"，第一次吃"巧克力"，惊为天物，觉得世界上怎么能有这么好吃的东西？每次吃喜酒，我都要把"巧克力"收集起来，慢慢享用。现在它对于我来说可可味儿太淡了、太甜了、太不健康了，是因为我离开家后吃到了更好更醇的巧克力，但爸爸没有。在他的记忆里，这还是好东西，必须要留给我的。是代可可脂还是可可豆，对他来说有什么重要呢？

我带了一包代可可脂加工制品回日本，让丈夫尝尝我"小时候的味道"。他吃后很感慨，原来他小时候也吃过类似的东西。

写《在小山和小山之间》，始于对一个批判自己妈妈"不开明、无法沟通"的网络陌生人的感慨，我试图站在"妈妈"的那一方看看，事情有可能是什么样的。在这个过程中，我吃惊地发现，对父母的人生，尤其是我记事前的人生，我了解得太少。也许有很多次他们想要跟我说说当年的事，但每次我都以没有时间或者不感兴趣为由逃走了，或者他们也知难而退了，不想打扰我。是的，我有很繁忙的工作、交际，哪怕我静下心来能独处时，脑海里也都是自己的事。

在小说里,我虚构了一个"妈妈"和一个"女儿",虚构了一个大时代背景下意外失去孩子的情节,但母女相处的细节大多数都是真实的,来自我自己和朋友那儿听到的。

父母也曾年轻过,天真过,心碎过。子女也会离开家,去闯荡,去受伤,去构筑。

血脉相连的最亲最近的人,却在同一空间分享着不同的记忆。这种隔阂、误解,该谈的闭口不谈,能谈的只是日常皮毛事,用真心去猜真心、用真心去碰撞真心,有时甚至碰撞到伤痕累累,这实在是把我刺痛了。真心和真心之间的距离,有时很远有时很近,但好在真心不会变,真心永远是真心,即便有痛苦,但仍然是我心里最美好的事。

去年我也成了妈妈,儿子出生后的一年多时间里我和丈夫没睡过一个整觉。每天的频繁喂奶、换尿布、拍嗝、哄睡,更不用说他刚开始接触世界后一次次原因不明的发烧、急疹,这些占据了我们的主要生活,个人娱乐和工作先放一边。我们经常在儿子终于安睡后才想起来,还没来得及吃上一餐呢,怪不得肚子咕咕在叫。如果不是亲身经历,我真的不能相信我会忘记肚子饿、忘记吃饭。当人全力集中在一件事或一个人身上时,大脑竟然能骗过自己,这到底是什么本能?看着熟睡中的儿子,我发自内心地认为他是完美无缺的,这不由分说的情感力量打败了我一向的理智。

很会做美食、对食物非常讲究的丈夫竟然也不再讲究,冷冻室里的硬包子热一下、冷饭盖个炒鸡蛋、一把坚果倒在大杯酸奶里,我们就这样吃了一餐又一餐。"真好吃啊。""是啊。""冰箱里还有没有剩的汤?""有!""真走运,太好了!"我们灰头土脸没来得及洗漱,怕吵醒儿子把电视音量调到最小,在闪烁的屏幕光下小声地交流着我们的幸福。

这时我理解了为人父母是如何把自己的感受放在孩子之后的。

我更理解了这种所谓的"付出""去爱人"并不是一种失去,而是一种得到,让人变得充沛而包容。

《在小山和小山之间》得奖后,我鼓起勇气再给妈妈打了个电话。

"你上次说'挺好的',能具体讲讲吗?"

沉默,再沉默。

"讲什么?"妈妈说。

"哎,还能讲什么?讲你的看法。"不管她怎么装糊涂,这次我是下定决心要

"逼她"一把了。

"很流畅……你是最棒的……哎。我真的讲不好。妈妈不是搞文学的,说得班门弄斧啦。让你爸爸跟你讲。"又被她逃掉了。我一边想象妈妈是如何把电话像个烫手山芋一样移交给爸爸,一边忍不住笑了。我想起小时候她边给我穿衣服边教我背唐诗,而当我自己能读懂世界名著后就不愿意再看她给我订的文艺期刊。我也想起当我不如意时会怪她当时"什么都不懂还乱夸我",把错硬推在她身上她也不反驳。

我们之间的电话总是以爸爸的"总结陈词"收尾,这次也不例外。

"恭喜你得奖,写作要靠你自己努力,我们没有为你做什么……"爸爸的声音透过电波越洋而来。

这也是一句谎话。他们做了一切、全部。

图书在版编目（CIP）数据

在小山和小山之间 / 李停著. -- 上海：上海文艺出版社，2023
（2025.4重印）
ISBN 978-7-5321-8662-4
Ⅰ.①在… Ⅱ.①李… Ⅲ.①中篇小说－中国－当代
Ⅳ.①I247.5
中国国家版本馆CIP数据核字(2023)第063522号

发 行 人：	毕　胜
责任编辑：	江　晔
特约编辑：	「ONE一个」编辑部
书籍插画：	宁大侠
装帧设计：	付诗意

书　　名：	在小山和小山之间
作　　者：	李　停
出　　版：	上海世纪出版集团　上海文艺出版社
地　　址：	上海市闵行区号景路159弄A座2楼　201101
发　　行：	上海文艺出版社发行中心
	上海市闵行区号景路159弄A座2楼206室　201101　www.ewen.co
印　　刷：	浙江海虹彩色印务有限公司
开　　本：	890×1270　1/64
印　　张：	3.875
字　　数：	62,000
印　　次：	2023年5月第1版　2025年4月第10次印刷
ＩＳＢＮ：	978-7-5321-8662-4/I.6818
定　　价：	45.00元
告 读 者：	*如发现本书有质量问题请与印刷厂质量科联系*　T:0571-85095376